B612의 샘

B612의 샘

고비읍 안세화 이꽃님 이종산 조규미 조우리 허진희

창비

차
례

01

다시
만나는 날

안세화

2016년 《한라일보》 신춘문예에 단편 소설 〈클레의 천사〉가
당선되며 작품 활동을 시작했다. 2019년 스릴러 장편 소설
《마땅한 살인》을 출간했고, 2021년 청소년 장편 소설 《남매
의 탄생》을 발표했다.

나는 그 애의 등 뒤에서 말했다.

"다신 만나지 말자."

그 애는 아무 말도 하지 않았다. 늘 곁에 없던 그 애의 보호자는 그 밤 역시 거기 있지 않았다. 나로서는 다행이었다. 내가 근처에 있다는 사실을 들키고 싶지 않았다.

그 애는 무릎에 손을 올린 채 창밖을 보고 있었다. 깜깜한 창은 흡사 거울과 같았다. 그 애는 창문에 비친 자신을 보았고 나는 책상 끝에 걸터앉은 그 애를 보았다. 헐렁한 교복에 가려진 그 애의 등은 야위고 굽어 있었다. 나는 덜컥 그 등을 끌어안고 싶은 충동을 느꼈지만 공연히 놀래게 될까 봐 관두었다. 지금은 모습을 보이지 않는 게 좋을 것 같았다.

멀리서 빗소리가 들려왔다. 비가 오나 보다. 예보가 있었던가? 기억이 나지 않는다. 빗소리는 숨소리와 섞여 시침 소리조차 없는 적막한 교실을 메웠다. 나는 비가 그칠 때까지 떠나고 싶지 않았다. 하지만 시간이 지날수록 빗소리는 점점 거세졌고, 이 비는 금방 그치지 않을 거라는 예감이 들었다. 더 이상은 K를 기다리게 할 수 없었다. 이해하지?

떠나기 전, 나는 그 애에게 어떤 말이든 해 주고 싶었다. 그런데 적당한 말이 떠오르지 않았다. 한참 동안 말을 고른 나는 겨우 이 한마디를 뱉었다.

"다신 만나지 말자."

그 애는 아무 말도 하지 않았다. 뒤를 돌아보지도 않았다. 당연한 일이었다. 내가 교실 문밖에 서 있다는 사실조차 몰랐으니까. 나는 곧장 운동장으로 나갔다. 정문에 서 있는 K가 보였다. 오래 걸렸네. K의 눈이 빨갰다. 응. 나는 그의 팔짱을 꼈다. 우리는 어디로 갈지 의논하지 않고 바로 걸음을 옮겼다. 어차피 갈 수 있는 곳은 한 곳뿐이었다.

*

　오전 내내 온 비 때문에 센터 주위에 흙냄새가 났다. 예전에 살던 동네에선 좀처럼 맡을 수 없던 냄새였다. 밤새 비 무게에 늘어졌다 새벽녘에 일어난 풀들이 잎마다 반짝였다. 빛나는 잔디 사이로 한 여자가 쭈그리고 앉았다. 머리가 희끗한 60 줄의 그녀는 동쪽 바다 마을의 제37번 국립 학교 교감 선생님이라고, 그녀가 처음 나타난 날 오 선생이 알려 주었다.

　한참 풀 향을 맡으며 시간을 죽이던 교감이 천천히 자리에서 일어났다. 그리고 기지개를 켜며 위를 보았다. 2층 창가에서 그녀를 내려다보고 있던 나의 시선은 갈데없이 그녀의 시선과 닿았다. 교감은 조금도 놀라는 기색 없이 미소를 지었다. 마치 내가 지켜보고 있던 걸 알았던 것 같았다. 그녀는 내게 내려오라고 손짓하고 센터 안으로 들어갔다.

　센터 로비에 놓인 커다란 소파에는 두 사람이 앉아 있었다. 방금 전 들어온 교감과 은솔이. 은솔이는 오 선생의 외동딸로 이곳에 드나드는 유일한 학생이었다.

　"대낮부터 네가 여기 왜 있어?"

　악의 없는 내 질문에 은솔이가 고깝게 대꾸했다.

"언니 보러 온 거 아니거든요?"

하여간 얘는 생긴 건 예쁘장한데 나오는 말마다 가시가 있다. 아마도 내가 싫어서일 텐데, 나 같은 부류를 싫어하는 인간이 은솔이만은 아니라서 놀라울 건 없었지만 억울하긴 했다. 이 맹랑한 아이가 나와 같은 처지인 K는 좋아했으니 말이다.

"얼굴 때문이야."

어느 날 내가 이렇게 말하자 K가 부정했다. 겨우 그것 때문이겠느냐고. 하지만 난 주장을 굽히지 않았다.

"그 나이 여자애들은 그럴 수 있어. 그렇게 같이 다녀 보고도 몰라?"

K는 계속 아닐 거라 했지만 은근히 싫어하는 눈치는 아니었다. 회복한 외모도 되찾게 된 호감도.

"근데 K는 왜 안 내려오죠?"

교감이 2층으로 향하는 통로를 보며 말했다. K의 이름이 나오자 은솔이가 반응했다. 그녀는 지금 K와 어디 가느냐고 물었다. 나는 서울이라고 답했다. 서울엔 왜 가느냐는 물음이 돌아오자 나보다 한발 빨리 교감이 답했다. 오래된 약속을 지키러 간다고. 그 말에 민망한 웃음이 났다. 솔직히 불과 며칠 전까지, 나는 그런 약속을 했단 사실을 까맣게 잊고 있었기 때문이다. 사고 이후 많은 기억이 사라졌으니 어쩔 수 없는 일이었다. 하지만 K는 그런 내 변명을 일축했다.

"핑계야. 같은 사고를 당한 나는 똑똑히 기억하고 있잖아."

맞는 말이긴 한데, 하루 종일 들으니 빈정이 상했다. 저녁 즈음 나는 결국 소리를 빽 질렀다.

"야! 장난으로 묻은 타임캡슐을 진지하게 기억하는 네가 더 이상해!"

처음 타임캡슐 얘기가 나왔을 때, 우연히 옆에 있던 교감은 이 일에 상당한 흥미를 가졌다. 다소 소녀 같은 구석이 있는 그녀는 당사자인 나보다 더 설레 하며 이것저것 물어 왔다. 하지만 내가 답해 줄 수 있는 것은 많지 않았다. K도 딱히 신통히 답하진 못했다. 그가 기억하고 있는 건 당시 어떤 영화의 한 장면을 따라 했고, 스무 살이 되기 직전에 개봉하기로 했고, 나와 한나가 함께였다는 정도였다.

우리는 지금의 은솔이 나이 때쯤 만났다. 어쩌다 친구가 되었는지 묻는다면 모르겠다. 그냥 친해지고 싶어서 다가갔고, 돌이켜 보니 친구가 되어 있었다. 그리고 언젠가 자연스레 멀어지는 날이 올 줄 알았다. 이제 와 생각인데, 어쩜 우린 그날을 대비해 미리 타임캡슐 같은 깜찍한 짓을 해 두었는지 모른다.

"한나 씨가 올까요?"

교감의 물음에 나는 모르겠다며 말끝을 흐렸다.

"까먹었대도 할 수 없죠."

정말 그래도 난 할 말이 없었다. 한나를 마지막으로 본 건 2051년, 그러니까 3년 전 학교에서였다. 이후 난 그 애를 찾지 않았고, 그 애가 날 찾는다는 소문 역시 들은 적이 없다. 참 다행이야. 지난 3년간 나는 종종 생각했다.

머잖아 K가 로비로 내려왔다. 곧바로 내 옆에 앉아 있던 은솔이가 그에게로 쪼르르 달려가 물었다.

"한나라는 언니 말야, 예뻐?"

K는 망설임 없이, 더불어 눈치도 없이 고개를 끄덕였다. 예상대로 은솔이는 입술을 삐죽였다. 그래도 어쩌겠는가, 사실인 걸.

내 기억에도 열여섯 무렵의 한나는 꽤나 예뻤다. 언제나 긴 생머리를 휘날리며 비누 향을 풍기고 다녔다. 당연히 적잖은 학우들의 관심도 받았다. 하지만 우리가 처음 만났던 무렵부터 한나의 인기가 좋았던 건 아니다. 오히려 그 반대였다. 어릴 때부터 웃지 않는 아이로 유명했던 그 애는 웬만해선 앙다문 입술을 움직이는 일이 없었다. 말수도 숫기도 없었기에 그 애에게 관심을 보이는 친구는 전무했다. 나와

K를 제외하곤 말이다. 한나와 친해진 뒤, 나는 그 애의 투박한 머리 끈을 끌렀고, 비누 향 향수를 선물했다. 한 해가 지나는 동안 한나는 점점 더 많이 웃고 떠들었고, 그만큼 점점 더 예뻐져 갔다. 우리가 헤어진 지 제법 오랜 시간이 흐른 지금. 그 애는 여전히 예쁠까? 뭐 직접 보면 알 일이다.

오늘 우리가 타임캡슐을 개봉하기 위해 만날 곳은 서울, 한강 아래에 자리한 제4번 국립 학교다. 그곳은 우리의 만남과 헤어짐이 이루어진 사적 공간인 동시에 유례없던 교육 개혁의 산물로 10년 전에 세워진 공공 기관이다. 한 가정에 한 아이가 귀했던 것도 옛말이고 한 아파트에 한 아이가 있을까 말까 한 시절로 접어든 2040년경, 어른들은 막 태어난 아이들을 사랑스럽지만 방종하지 않은 차세대 어른으로 길러 내기 위해 자본과 인력을 투자하기로 기꺼이 합의했다. 그 일환으로 다소 공격적인 교육 개혁이 실시되었다.

아무래도 기존의 학교부터 뒤집어야겠지?

첫 회의에서 의장이 내놓은 제안에 이견을 내는 사람은 아무도 없었다. 아주 잠깐.

그냥 학교 자체를 없애 버리면 안 되나?

이와 같은 멍청한 소리가 흘러나오긴 했지만, 하등 논의할 가치가 없는 일이라 아무도 대꾸해 주지 않았기 때문에 그 소리는 처음부터 없었던 것처럼 잊혔다. 그리하여 탈 없이 존속하게 된 학교는 짧은 기간 동안 격동의 변화를 맞았다. 먼저 주먹구구식으로 존재하던 수많은 사립 학교가 문을 닫고, 대신 거대한 부지의 국립 학교가 새로이 문을 열었다. 한 뼘의 운동장은 자연 친화적인 공원으로 바뀌었고, 20개가 넘는 건물 동마다 생활, 편의, 문화를 위한 온갖 시설들이 들어섰다. 덕분에 모든 학생들은 출신이나 빈부에 상관없이 적어도 학교 안에서만큼은 동일한 물질적 풍요를 누리게 됐다. 나아가 정신적 결핍을 방지하기 위해 마련된 최신식 시스템에 따라 안전도 보장 받게 되었다. 이만하면.

완벽한 학교이지 않아?

개혁의 끝 무렵에 의장이 만족스럽게 웃으며 자위했다. 그 말에 모든 임원들이 동의했고, 대부분의 학생들도 인정했다. 웬만한 일에는 삐딱선부터 타고 보는 사춘기의 그들도 이번만큼은 단 한 명의 아이도 잃지 않으려 애를 쓴 어른들의 공로를 높이 사지 않을 수 없었다. 나 역시 내가 다녔던 제4번 국립 학교를 이상적인 학교라고 여긴 적이 있다.

로비 벽면에 달린 시계가 3시를 알렸다. K가 슬슬 떠나자고 했다. 곧바로 은솔이가 자신도 가야겠다고 나섰다. 그럼 그렇지. K가 없는 센터에는 볼일이 없으시겠지. 나는 픽 웃

으며 자리에서 일어났다. 뒤따라 일어난 교감이 두 손을 모
으며 배웅했다.

"친구를 꼭 보고 오길 바라요. 마지막으로."

나는 고개를 끄덕이고 로비를 가로질러 밖으로 나갔다.

정문으로 향하는 내내 은솔이는 쉴 새 없이 떠들었다. 타
임캡슐은 왜 묻었어? 누구 아이디어였어? 어떻게 만들었어?
그녀의 옆에서 나란히 걸으며 K가 답했다. 기념하고 싶은
날이라. 기억 안 나. 대충 박스에 넣고 비닐에 쌌어. 그치? 대
답이 궁해질 때쯤 K는 고개를 돌려 나를 보았다. 뒤따르던
나는 알아서 상대하란 뜻으로 어깨를 으쓱했다. 그러자 은솔
이가 K의 팔을 당겨 주의를 샀다.

"거기에 오빠는 뭘 넣었어?"

"나? 뭐였더라? 제일 소중한 걸 넣기로 했는데."

K는 말끝을 흐리며 머리를 굴렸다. 그 모습을 보며 나는
나에게 질문이 돌아오지 않을 줄 알면서도 혼자서 머리를 굴
렸다. 그날 우리가 뭘 넣었더라?

내 기억이 틀리지 않다면 그날은 9학년 졸업식이 있는 날
이었다. 12월. 마지막 종례가 끝나고 우리는 평소처럼 플레
이 하우스로 갔다. 거리로 따지면 기숙사에 사는 나와 K의

거처가 가장 가깝고, 크기로 따지면 엄마와 함께 사는 한나의 자택이 가장 컸지만, 우리는 수업이 끝나면 언제나 학교 생활관 부지 내, 플레이 하우스에서 놀았다.

여느 때처럼 101가지 메뉴를 선택할 수 있는 식당에 들어간 우리는 딱 하나의 메뉴만 시키고 둘러앉았다. 그때 한나의 엄마에게서 연락이 왔다. 내일 학교 끝나고 정기 상담을 가야 하니 다른 약속을 잡지 말라는 내용이었다. 그녀의 엄마는 오늘이 졸업식인 것을 몰랐다. 한나는 답장을 하지 않았고, 나는 막 나온 돈가스를 잘라 주었다.

식사를 마친 다음 우리의 발길이 향한 곳은 VR 영상관이었다. 그곳에선 두 종류의 고전 영화가 상영 중이었다. 스릴러와 로맨스 중 우리는 만장일치로 로맨스를 택해 들어갔다. 가운데 앉은 한나가 팝콘 박스를 쥐고, K가 콜라 컵을 들었다. 영화는 재밌었다. 클라이맥스 부분에서 괜히 콜라를 머금은 K가 미친 듯이 기침을 한 것만 빼면 완벽했다. 주위 학생들이 그를 노려보았고, 나와 한나가 가장 무섭게 노려보았다.

영화가 끝나고 우리는 목적 없이 정원을 거닐었다. 크리스마스가 가까운 때여서 몇 그루의 나무에 색색의 친환경 전구가 둘러져 있었다. 개중 가장 큰 나무엔 주렁주렁 트리 장식

들이 매달려 있었다. 그 앞으로 다가간 한나가 별 장식을 손
가락으로 톡톡 치며 말했다.

"내년엔 너희 말고 남자 친구랑 같이 와야지."

나는 가소롭다는 듯 대꾸했다.

"제발 좀 그래라."

얼마 전 감이 나쁜 여학생에게 고백을 받은 K가 여유롭게
덧붙였다.

"너도 좀 그래라."

날이 저물 때쯤 우리는 생활관 부지를 나왔다. 그때까지
한나의 엄마에게선 그만 집으로 돌아오란 연락이 없었다. 언
젠가 한나가 말했다. 자기 엄마는 자기를 사랑하지만 좋아
하지는 않는다고. 가족끼리는 종종 있을 수 있는 일이라고
했다.

기왕에 연락도 없는데 일찍 귀가할 이유가 없었다. 우리
는 학교 앞 마트에서 폭죽 몇 개를 사서 다시 학교로 들어갔
다. 그리고 저학년 학생들을 위해 마련된 놀이터에서 졸업을
축하하는 조촐한 파티를 벌였다. 가장 먼저 소리가 없는 스
파클라 폭죽에 불을 붙이고, 막대에 붙은 빛이 사그라들 때까
지 빙빙 돌렸다. 다음으로 제법 소리가 있는 분수형 폭죽에
불을 붙이고, 사방으로 튀는 빛이 소멸할 때까지 주위를 돌았

다. 그리고 마지막으로 가장 소리가 큰, 어쩌면 관리인 아저씨를 불러올지도 모르는 막대 폭죽을 들고 K가 미끄럼틀에 을 올랐다.

"준비됐어?"

나와 한나는 귀를 막고 끄덕였다. 곧바로 K가 불을 붙이고 하늘을 향해 폭죽을 쐈다. 그런데 예상보다 불꽃이 요란하지 않았다. 귀를 막은 게 무색할 정도로 소리도 형편없었다. 그래 뭐, 통제가 삼엄한 학교 앞에서 파는 폭죽이 그렇지. 우리는 잠시 실망했지만 오래 침울해하지 않고 그 나이 특유의 감성대로 환호를 질렀다. 마지막 발사를 마친 K는 미끄럼틀을 타고 멋지게 내려왔다. 그때, 한나가 말했다. 아니, 어쩌면 내가 말했을 수도 있다.

"얘들아, 우리 타임캡슐 묻으러 갈래?"

막 센터를 떠나려는 순간, 뒤에서 오 선생이 나타났다. 이제 가느냐며 다가오는 그의 얼굴엔 숨길 수 없는 못마땅함이 드러났다. 처음 타임캡슐 얘기가 나왔을 때부터 그는 우리의 서울행을 반대했다. 정확히는 한나와의 재회를 우려했다. 괜히 잘 지내고 있는 친구를 혼란스럽게 만들 수 있다는 게 이유였다. "너희는 더 이상 친구가 아니야. 그 애는 너희를 알아보지도 못할 테고." 같은 소리를 하며 극구 만류했다. 그러던 그가 마음을 바꾼 건, 나와 K가 다음의 약속을 한 이후다. 우리는 한나에게 우리의 존재를 알리지 않고, 그저 바라만 보겠다고 했다.

떠나기 직전, 그는 구태여 그 약속을 상기시켰다.

"꼭 보고만 와. 내일 아침까진 돌아와야 해."

나와 K는 알겠다고 하고, 행여라도 그가 다시 맘을 바꿀세라 서둘러 등 돌려 떠났다.

서울에 도착했을 때, 시간은 이미 5시를 넘어가고 있었다. 3년 만에 익숙한 학교 부지로 들어서자 얼굴이 조금 상기되었다. 학교는 변한 듯 변하지 않았다. 처음 보는 건물이 생겼고 시설들도 많이 바뀌었지만, 전체적인 구획이 그대로여선지 낯설지 않았다. 9학년의 두 학기를 보낸 그 학교가 확실했다.

K와 나는 변한 것과 변하지 않은 것에 대해 얘기하며 예전에 살던 기숙사 근처를 지났다.

"한때 요 근방에 수맥이 흐른다는 소문이 있었는데."

K가 턱으로 C동 기숙사를 가리키며 말했다.

"생각나?"

"당연하지. 어마무시한 돈을 들인 학교가 한순간에 문 닫을 뻔했잖아."

나는 한때 C동 기숙사에 살았던 얼굴 모르는 남학생을 떠올렸다. 그 학생은 어느 날 밤 충동적으로 기숙사를 나와 바깥 거리를 헤매다 육교에서 떨어졌다. 그가 그 밤 왜 거리를 헤맸는지는 아무도 몰랐다. 그의 부모가 진실 규명을 요구했지만 학교 측은 유감만을 표했다. 그로부터 한 달 뒤, 죽은 남학생과 같은 층에 살던 두 남학생이 유혈 다툼을 벌였다. 그리고 두 주 뒤엔 위층에 살던 한 여학생이 정신 병원에 자진 입소했다.

그때부터 기숙사 아래 수맥에 대한 흉흉한 소문이 퍼지기 시작했고, 성공적인 줄만 알았던 교육 개혁에 비상이 걸리며 학교 전반의 분위기가 침체되었다. 그즈음 나와 K가 전학을 왔다. 이후 한동안 잠잠하던 소문은 몇 년 뒤 우리가 낸 사고 때문에 다시 회자되었다.

기숙사 단지를 벗어난 우리는 큰길가로 들어섰다. 여기서 왼쪽으로 꺾어 직진하면 열 살 이하의 아이들을 위한 교육 시설 부지가 나왔다. 나는 선명한 기억에 의존해 자신 있게 걸음을 옮겼다. 그때, 갑자기 K가 내 팔을 잡았다.

"어디 가?"

얼결에 멈춰 선 나는 당황하며 답했다.

"어디 가긴. 놀이터지."

"놀이터를 왜 가? 수업관으로 가야지."

"갑자기 웬 수업관이야?"

우리는 길 위에서 어정쩡하게 대치했다. 오 선생의 반대를
이겨 내고 겨우 학교에 온 것까진 좋았는데, 난관은 예상치
못한 곳에 있었다. 떠나 있던 시간 동안 우리의 기억이 엉망
이 되었던 것이다.

"타임캡슐은 폭죽놀이를 한 날 묻었잖아. 그러니까 놀이터
로 가야지."

"거긴 그냥 제안을 한 곳이고, 실제로 묻은 건 교실이 있던
수업관이었어."

아무리 얘기해도 서로 다른 기억을 갖고 있는 우리의 의견
은 좁혀지지 않았다. 자정에 멀찌막이나마 한나를 보려면 정
확한 장소로 가야 하는데, 이래서는 문제가 해결될 것 같지
않았다. 할 수 없이 나는 이렇게 제안했다.

"그럼 이렇게 해. 여기서 놀이터가 더 가까우니까 일단 거
기부터 가고, 다음에 수업관으로 가 보자. 직접 가서 보면 정
확히 기억이 나겠지."

다소 무책임한 제안이었지만 다른 수가 없었기에 K는 동
의했다. 그는 미간을 찡그리면서 왼쪽으로 발길을 꺾으며 말

했다.

"확실히 요 근방에 수맥이 흐르긴 하나 보다."

나와 K는 놀이터를 찾아 저학년 교육 시설 부지를 배회했다. 식당과 교사 휴게실 사이에 있던 커다란 벚나무가 그대로 있었다. 한때 우리는 저녁마다 그 아래서 줄넘기를 했다. 체력 증진이 수학 공식 암기보다 중요하다는 66차 교육 과정에 따라 강화된 체육 평가를 통과하기 위해서였다. 한 번점프에 줄을 두 번 넘기는 일명 쌩쌩이를 20번 이상 하는 것이 기준이었다. 우리는 한 달을 함께 연습했다. 하지만 막상시험을 볼 때 한나의 발이 첫 번에 걸려 버렸다. 재기회는 없었다. 억울해하는 한나에게 체육 선생이 말했다.

"인생이 이렇다. 작정한 대로 흘러가지 않지. 그래도 언젠가 알게 될 사실이라면 학교에서 배우는 편이 나아."

그해 한나는 학년 최하점을 받았다.

벚나무 아래를 지나갈 때, 맞은편에 서 있는 관리인 아저씨가 우리를 보았다. 고개를 좌우로 회전하며 지나가는 사람은 물론 날벌레 한 마리까지 모조리 지켜보고 있던 그의 시선이 특별히 우리에게 꽂혔다. 나는 서둘러 걸음을 옮기며 따가운 뒤통수를 문질렀다.

"왜 저렇게 보시지?"

내 물음에 K는 대수롭잖게 대꾸했다.

"알 게 뭐야. 어차피 사람도 아닌데."

우리는 빨간 눈을 깜빡이며 우리를 꿰뚫어 보려는 AI 관리인 아저씨를 지나쳐 직업 체험관으로 향했다.

놀이터는 직업 체험관 뒤에 있었다. 3년 전에는 그랬다. 하지만 다시 간 그 자리엔 놀이터가 없었다. 대신 흡사 정글과 같은 인공 정원이 있었다. 자연 친화적인 환경이 아이들의 정서 발달에 좋다는 연구 결과를 적극 받아들여 세워진 새 시설물 같았다. 나는 넝쿨로 만들어진 그네에 걸터앉아 주위를 둘러보았다. 하지만 타임캡슐과 관련한 어떤 기억도 떠오르지 않았다. K는 팔짱을 끼고 연못 근처를 서성였다. 표정을 보니 그도 다르지 않은 것 같았다.

슬슬 해가 저물기 시작했다. 나는 붉어지는 하늘을 올려다보았다. 해 저무는 풍경은 어느 곳에서 보나 비슷했다. 그래도 굳이 인상적이었던 장소를 꼽으라면 한 곳을 택할 순 있었다. 중등 수업관 9학년 교실 창가였다. 그 당시 난 수업이 끝나면 소지품을 교실에 두고 플레이 하우스로 가서 오후 내내 놀다가 해가 저물 때쯤 소지품을 챙기기 위해 교실로 돌아오곤 했다. 그리고 창가에 앉아 저물어 가는 해가 완전히 질 때까지 시간을 죽였다. 별 이유는 없었다. 단지 집에 있으면 숨이 막힌다는 한나를 혼자 두지 않기 위해서였다.

"친구 좋다는 게 뭐야."

우리는 붉게 물든 교실에 앉아, 멀리서 초고속 지상철이 지나가는 리드미컬한 소리를 들었다. 아무 말도 없이, 가능한 한 오래 그냥 그렇게 있었다.

잠시 뒤, K가 바위를 툭툭 차며 말했다.

"그만 갈까?"

나는 그네에서 일어났다. 우리는 서둘러 부지를 빠져나갔다. 가는 길에 벚나무를 지나치며 관리인 아저씨를 다시 보았다. 그와 눈이 마주쳤을 때 내가 먼저 인사했다.

"오랜만이에요."

아저씨는 많이 변한 우리를 잘도 알아보고 선선히 고개를 끄덕였다.

중등 수업관에 도착했을 때 날은 이미 어두워져 있었다. 익숙한 건물은 외관상 우리가 다니던 때와 다르지 않았다. 매 학기 말에 하는 페인트칠을 다시 하고, 화단 하나를 새로 가꾼 정도만 달랐다. 나와 K는 불 꺼진 건물에 발을 들였다. 그리고 어둔 계단을 오르며 옛 기억을 되짚어 보았다. 하지만 특별히 타임캡슐과 관련하여 떠오르는 일은 없었다.

"망했네."

긴 복도 한복판에서 나는 머리를 감쌌다. 하지만 K는 부러 여유를 부렸다.

"괜찮아. 자정까진 아직 두 시간 남았으니까."

그리고 혼자 앞장서 걸어가며 빈 교실들을 기웃거렸다. 나는 천천히 뒤따르며 교실 반대편으로 고개를 돌렸다. 복도 창문을 통해 빈 운동장이 내려다보였다. 그러고 보니 타임캡슐과 관련된 것은 아니어도 잊고 있던 다른 일이 떠오르긴 했다.

이 학교로 전학 온 지 얼마 안 되었을 때였다. 한나와 친구가 되기도 전이니, 꽉 채운 4년 전 일이다. 수업을 마치고 혼자 기숙사로 돌아가던 나는 운동장 한가운데에 선 한 여자를 보았다. 장마철이라 비가 제법 오는 중이었는데 그녀는 우산도 없이 서 있었다. 나는 단번에 그녀가 누군지 알았다. C동 기숙사에서 도망친 얼굴 모를 남학생의 어머니였다. 그녀는 온몸으로 비를 맞으며 하늘을 올려다보고 있었다. 마치 하늘을 원망하는 듯 보였다. 아니, 학교를 저주하는 듯도 보였다. 개혁 이후 학교는 완벽하지 않았다. 인간이 만드는 것치고 완벽한 것은 없었다. 단지 나아지려 노력할 뿐. 나는 그녀를 피해 운동장을 빙 돌아서 나갔다. 비는 저녁때에야 그쳤다. 이후, 학교에서 다시는 그녀를 보지 못했다.

앞서가던 K가 되돌아왔다. 그런데 좀 전보다 표정이 밝았다.

"뭐가 생각났나 보지?"

내 물음에 K는 그렇다고 답했다. 그는 앞에 있는 교실로 나를 데리고 들어갔다. 그리고 교실 창턱 앞에서 창밖을 가리키며 말했다.

"저거 봐."

뭘 봐야 할지 알 수 없었다. 내 시선이 갈피를 잃자, K가 손가락 끝을 창문에 콕 붙이고 설명했다.

"저기 화단 말이야. 소나무가 있는 화단."

소나무는 학교의 교목이었다. 나는 그 사실을 9학년 말에야 알았다.

"내 기억에 우리 저 아래에 타임캡슐을 묻었던 거 같아."

K는 꽤 확신에 차서 말했다. 나는 그만큼 확신할 순 없었지만 일리 있는 추측이라고 생각했다. 무언갈 묻기엔 잔디 깔린 운동장보다야 흙이 가득한 화단이 더 나은 장소였다. 그것도 학교의 상징 바로 밑이라면 나중에 없어질 일도 없으니 안심이었다.

"그랬던 것 같네."

우리는 함께 화단가로 내려왔다. 자정이 되기 10분 전이었
다. 극적으로 약속 장소를 찾아내어 긴장이 풀린 K는 기지개
를 쭈욱 켜고 화단 옆 스탠드에 등을 붙였다. 나는 그 옆에 허
리를 세우고 앉아서 이곳에서 보냈던 마지막 밤을 생각했다.
도망치듯 이곳을 떠나던 밤도 오늘처럼 깜깜하고 바람이 찼
다. 당시 잔뜩 지친 몸으로 갈 수 있는 곳은 센터가 유일했다.
예정보다 빨리 귀가한 나와 K를 보고 오 선생은 이유를 묻지
않았다. 우리의 얼굴을 보는 것만으로 우리에게 벌어진 끔찍
한 사고를 짐작할 수 있어서였을 것이다.

"한 판만 더 하고 가."

그날 누군가 뱉은 그 한마디가 화근이었다. 교실에서 해
지는 모습을 끝까지 지켜본 나와 K와 한나는 평소처럼 집으
로 향하는 대신 플레이 하우스로 되돌아갔다. 그리고 못다
한 게임 한 판을 마저 했다. 자정에 가까운 시각, 어둠을 뚫
고 학교 밖으로 나왔을 때 이미 스쿨버스는 끊긴 뒤였다. 하
지만 여전히 한나의 엄마에게선 연락이 없었다. 오기가 생긴
우리는 집으로 전화하는 대신 자율 주행 택시를 불렀다. 미
성년자가 택시를 운행하는 것은 불법이었지만 나와 K는 개
의치 않았다. 우리는 찜찜해하는 한나를 태우고 밤거리를 달

렸다. 가만히 있기만 해도 알아서 가는 택시가 잘못 누른 버튼 하나 때문에 뒤집히기까진 1분이면 족했다.

택시는 커브 길을 돌지 못하고 가드레일을 뚫었다. 굉음이 들렸고, 보닛에서 검은 연기가 새 나왔다. 에어백은 한꺼번에 터졌다. 차체가 완전히 뒤집혔고, 네 개의 바퀴는 허공을 향해 헛돌았다. 동그랗게 깨진 앞 유리가 눈에 들어왔는데 그것이 나 때문인지 K 때문인지 알 수 없었다. 어쨌든 나도 그도 엉망이란 사실만큼은 확실했다. 나는 본능적으로 끌어안은 한나의 상태가 양호하다는 걸 확인한 뒤 천천히 그녀를 놓았다. 그리고 망가진 차에 그녀를 혼자 남겨 두고 K와 단둘이 떠났다.

그 이후 딱 한 번 더 한나를 만난 적이 있는데 몰래 뒤에서 지켜본 게 고작이었다. 당시 몰골로는 도저히 앞에 나설 수 없었다. 다신 만나지 말자. 그것이 남긴 마지막 말이었다. 더 이상 친구가 되어 줄 수 없다면 차라리 사라져 행운을 빌어 주는 편이 나을 듯했다. 어차피 언젠가는 그렇게 될 일이었다. 조금 이른 감이 있긴 했지만, 당시 난 한나가 나와 K를 잊고, 새 친구를 사귈 준비가 되었다고 믿었다. 이해하지? 그날 나는 그 애의 인생에서 퇴장했다. 먼 훗날, 다시 보고 싶단 마음은 단지 마음만으로 간직했다.

자정이 넘었다. 1시도 넘고, 2시도 넘었다. 하지만 한나는 오지 않았다. 4시가 넘자 부지런한 교직원들이 주위를 오가기 시작했다. 6시가 넘자 어둠이 급하게 물러가는 게 느껴졌다. 도로에 차 구르는 소리도 커졌다. 새해의 새 아침이 시작된 것이 명백해졌다.

"날 샜네."

K가 내내 눈가를 가렸던 팔을 내리고 말했다. 그가 자리에서 일어나자 방금까지 누워 있던 자리에 새똥이 떨어졌다.

"새해부터 운도 좋아."

나는 웃음을 보였다. 하지만 K는 고개를 저었다.

"내가 진짜 운 좋은 놈이었다면 지금쯤 한나를 봤겠지?"

맞는 말이었다. 이제는 돌아갈 시간이었다. K와 나는 묻어 둔 타임캡슐을 더 찾지 않기로 했다. 한나 없이 우리끼리만 하는 의식은 아무런 의미도 없었다. 어차피 그것은 학교로 돌아오기 위한 핑계였을 뿐, 안에 뭐가 있는지는 중요하지 않았다. 우리는 한때 우리의 교실이었던 빈 교실을 한번 올려다보고 자리를 떴다. 스탠드를 내려와 잔디 깔린 운동장에 발을 딛고 밖으로 향했다.

그때였다. 저 멀리 어스름을 뚫고 다가오는 몇 사람이 보였다. 가만 보니 세 명의 여학생이었다. 그들은 무슨 얘기를 하는지 까르륵 웃음을 터트리며 우리에게 눈길도 주지 않은 채 우리의 곁을 스쳐 지나갔다. 그리고 좀 전까지 우리가 앉아 있던 스탠드에 가서 앉았다. 개중 가장 왼쪽에 앉은 단발머리의 학생이 말했다.

"진짜로 우리랑 같이 해도 되겠어?"

가장 오른쪽에 앉은 파마머리의 학생이 대꾸했다.

"당연히 우리랑 같이 해야지. 그럼 누구랑 해?"

그러자 둘 사이에 앉은 긴 생머리의 학생이 맞는 소리라며 고개를 끄덕였다. 그리고 무릎 위에 비닐에 싸인 박스를 올렸다.

타임캡슐이었다.

"그런데 말야. 정원 관리인은 왜 이걸 여기서 개봉하라고 한 거야?"

단발머리의 학생이 고개를 갸웃했다.

"그러게. 놀이터가 없어지기 전에 미리 캐낸 거니까, 그냥 그 자리에서 개봉하게 해 주지. 뭘 굳이 여기까지 가라고 난리야."

파마머리의 학생이 인상을 구겼다.

"아무렴 어때. 어디서든 약속을 지키게 됐으니 됐어."

긴 생머리의 한나가 웃었다.

나는 K를 노려보며 속삭였다.

"화단에 묻었다며."

K는 머쓱해하며 중얼댔다.

"너도 거기가 맞다고 했잖아."

그리고 더 타박을 듣기 전에 얼른 시선을 한나에게 돌렸다. 곧바로 한나가 비닐을 풀고 박스를 개봉하기 시작했다. 옆에서 두 학생이 '두구두구두구' 입으로 효과음을 내 주었다. 잠시 뒤, 한나는 짜잔, 하며 박스에서 한 장의 사진을 꺼냈다. 언제 찍었는지 기억나지 않는 우리 셋의 단체 사진이었다.

"얘들이야? 완전 연예인 같네."

두 학생이 관심을 보이며 외쳤다. 한나는 태연히 대꾸했다.

"당연하지. 원래 메이트용 AI들은 호감형으로 만드니까."

그 순간 나와 K는 서로를 보았다. 교통사고 이후 새로 개조된 탓에 사진 속 얼굴과 딴판이긴 했지만 확실히 호감형이긴 했다. 우리가 서로를 보는 사이, 한나는 고개를 뒤로 돌려 빈 교실을 올려다봤다. 그리고 나직이 속삭였다.

"그 애들이 없었다면 아마 난 학교에 못 다녔을 거야. 집에 있지도 못했을 테고. 1년 동안 내가 있을 곳은 어디에도 없었겠지. 어쩌면 지금 여기에 없었을 수도 있어."

그 말을 듣고 단발머리 학생이 물었다.

"그런데 그 애들은 지금 어딨어?"

한나는 교실에서 눈을 떼지 않고 말했다.

"몰라. 사고가 생겼을 때 날 감싸 주고 얼굴을 알아볼 수 없을 정도로 망가졌다고 들었어. 지금쯤 폐기 처리 되었거나 개조되어서 다른 곳에 쓰이고 있을 거야. 이제는 엄마하고 관계도 좋아졌고, 너희들도 옆에 있으니까 그 애들을 무리하게 찾을 필요가 없지만, 그래도 어디선가 우연히 만난다면 꼭 말해 주고 싶어."

한나가 고개를 바로 하고 남은 말을 이었다.

"고마웠다고."

그때 그녀의 시선이 조금 떨어진 곳에서 자신을 지켜보고 있는 낯선 이들에게 닿았다. 누구지? 짧은 순간 한나의 눈초리가 심상찮게 가늘어졌다. 그 타이밍에 나와 K는 등을 돌렸다.

*

한낮에 해가 떠 있을 때 우리는 센터로 돌아왔다. 건물 앞 잔디에 쭈그리고 앉아 있던 교감이 제일 먼저 일어나 맞아 주었다.

"돌아왔네요. 친구는 잘 봤어요?"

나는 그렇다고 대꾸했다. 그때 막 밖으로 나온 은솔이가 K
에게 다가와 물었다.

"어땠어? 한나라는 언니는 여전히 예뻤어?"

K는 주저 없이 끄덕였다. 곧바로 은솔이가 눈에 띄게 삐
죽였다. 그래도 어쩌겠는가, 사실인 걸. 분명히 한나는 우리
와 있을 때보다 지금이 더 밝고 명랑해 보였다. 다행한 일이
었다.

세상에 인간이 만드는 것치고 완벽한 것은 없었다. 학교가
완벽하지 않은 만큼 가정과 사회도 완벽하지 않았다. 만일
아이들이 학교에서 서로를 사귀는 법을 배우지 못한다면 그
들이 만들어 갈 가정과 사회는 더 엉망이 될 게 뻔했다. 그래
서 똑똑한 어른들은 학교를 없애는 대신 학교 안의 문제들을
제거하기로 뜻을 모았다. 이를 위해 천문학적인 자본과 인력
도 기꺼이 쏟아부었다. 하지만 아무리 공을 들이고 또 들여
도 문제 없는 학교를 만들기란 불가능했다. 기질 나쁜 아이
의 횡포와 잦은 세력 싸움과 은밀한 따돌림과 객기 어린 반항
은 마치 질긴 잡초와 같아서 없애 버리는 족족 다시 생겨났
다. 당연히 그 사이에서 가장 여린 풀들은 짓밟히고 희생당

했다. 하지만 그래도 학교는 포기하지 않았다. 다만 나아지려 노력할 뿐. 나와 K는 그 노력의 산물이었다. 비록 뜻밖의 사고로 예상보다 빨리 임기가 끝나긴 했지만 우리의 첫 임무는 성공적이었다. 오늘 막 스무 살이 된 한나가 바로 그 산증인이었다.

센터 로비 안으로 들어가자 오 선생이 "늦지 않게 왔네."라고 말하며 계단을 내려왔다. 3년 사이 나와 K의 외모를 딴판으로 바꾼 그는 오늘 안에 우리의 정신을 개조할 준비를 모두 마쳤다. 나는 순순히 그의 뒤를 따라 긴 복도를 걸어가며 이제 곧 기억에서 잊힐 제4번 국립 학교를 마지막으로 떠올렸다. 옆을 보니 K도 나와 같은 듯했다. 앞으로 머지않은 날, 우리는 소녀 같은 교감을 따라간 동쪽 바다 마을의 제37번 국립 학교에서 친구가 필요하지만 친구를 사귈 줄 모르는 미숙한 누군가를 만날 것이다. 그리고 또다시 그 애의 마음을 열어 줄 친구가 되어 줄 거다.

작가의 말

돌이켜 보면 내게 인간관계가 가장 어려웠던 시기는 청소년기다. 그땐 사람들과 어떻게 어울리고 다투어야 하는지 알지 못했다. 솔직히 서른이 넘은 지금도 인간관계는 여전히 어려운 숙제 같다. 하지만 예전만큼은 아니다. 이미 많은 문제을 풀어 보았기 때문일 것이다. 무엇이든 경험하면 나아진다. 관계도 마찬가지다. 학교는 다양한 관계 경험을 쌓아 볼수 있는 최적의 장소다. 그래서 언제 어디서나 지식을 얻을수 있는 완벽한 유비쿼터스 환경이 조성되더라도, 학교는 쉬이 사라지지 않을 것이라 예상한다. 나아가 관계 맺기에 취약한 일부 학생들을 초고도화된 기술이 도울 수 있을 것이라기대한다. 다소 낙관적인 전망이긴 하지만, 희망찬 상상은 희망찬 미래의 청사진이라고 믿기에, 절대로 완벽해질 수 없는 세상 속에서 단 한 명의 아이라도 더 지켜 내기 위해 가능한 모든 기술을 쏟아붓는 미래의 학교상을 그려 보고 싶었다. 이 이야기가 나오기까지 도와주신 모든 분께 감사를 돌린다. 특별히 내게 가장 소중한 관계인 가족들에게 무한한 사랑을 보낸다.

02

B612의 샘

이종산

관 만드는 여자와 드라큘라가 동물원에서 연애하는 이야기 《코끼리는 안녕》으로 제1회 문학동네 대학소설상을 수상했다. 지은 책으로는 장편 소설 《게으른 삶》, 《커스터머》, 《머드》와 식물과 교감하며 우울을 통과한 시간을 담은 에세이 《식물을 기르기엔 난 너무 게을러》가 있다.

B612를 찾아가. 거기 샘이 하나 있는데 그곳에 얼굴을 비추어 보면 그 사람의 진짜 얼굴이 나온대.

수지는 일주일 전에 여름에게 들은 말을 떠올렸다. 처음에는 관심이 없었다.

"샘이 뭔데?"

"너 샘도 몰라? 물가 같은 거야. 물이 솟아 나오는 곳."

여름은 아는 것이 많았다. 그게 두 사람의 공통점이었다. 아는 것이 많고 자신이 뭔가를 안다는 사실을 애써 감추려고 노력하지 않는다. 3학년 때 처음 만난 이후로 6학년이 된 지금까지 붙어 다니고 있는 것은 그런 공통점 때문이기도 할 것이다. 아는 것을 안다고 말하는 것을 다른 애들은 왜 잘난 척이라고 하는지 수지는 이해하지 못했다. 그럼 겸손해 보이려고 멍청한 척이라도 해야 한다는 건가? 그건 대체 어떻게 하는 거지?

"우리 학교는 어차피 다 진짜 얼굴로 다니잖아. 그리고 몰래 가짜 얼굴로 다니는 애가 있다고 해도 난 관심 없어."

애들이 가짜 얼굴을 쓰고 다니는 것을 내버려 두는 학교도 있다고 들었다. 하지만 그런 학교들은 사실상 애들을 내버려 두는 것이라기보다는 포기한 쪽에 가까웠다. 애들이 목숨 걸고 학교에 안 들킬 만한 가짜 얼굴을 찾아다니니 말이다.

그러나 수지의 학교 시스템은 엄격하게 가짜 얼굴을 가려냈다. 아예 다른 얼굴을 쓰는 것은 물론이고 약간의 보정조차 허용하지 않는다. 세 번 이상 가짜 얼굴로 접속을 시도하면 입장이 차단된다. 차단을 풀려면 교사, 부모, 학생이 삼자 면담을 해야 한다.

"우리 학교 애들만 가능한 거면 쓸데가 없지. 근데 거기서는 윈도 속에 있는 가짜 얼굴도 벗겨진대. 윈도 화면을 그 샘에 비추면 화면 속에 있는 가짜 얼굴도 벗겨진다는 거야."

"그래도 난 보고 싶은 사람이 없어. 나한테는 쓸모없는 거네."

수지는 여전히 관심 없는 척 말했다. 하지만 이번에는 그런 척한 것뿐이었다. 사실은 윈도 속에 있는 사람의 진짜 얼굴도 볼 수 있다는 말을 들은 순간 심장이 세차게 뛰었다. 그의 얼굴을 볼 수 있다니! 간절히 기다려 온 순간이었다. 원래는 초등 과정을 졸업하는 날 스크린 윈도 바깥에서 만나 서로 진짜 얼굴을 보여 주기로 했지만 지금은 겨우 4월이었다. 내년 2월까지 기다리지 않아도 그의 진짜 얼굴을 볼 수 있다는 게 꿈만 같았다. 그리고 그날이 바로 오늘이다.

복도에 들어서자 여름이 보였다. 두 사람은 매일 복도 선착장에서 만났다. 복도에는 푹신한 잔디가 깔렸고, 잔디 옆으로는 강물이 흘렀다. 이 복도는 세계 최고 수준의 가상 공간 기술력을 가진 학교의 자랑 중 하나였다. 수지의 부모도 이 복도에 반해서 비싼 학비를 감수하고 딸을 이 학교에 입학시켰다.

"6단계로 업데이트했는데 별로 달라진 게 없네?"

수지가 복도를 둘러보며 말했다. 평소와 같은 풍경이다. 복도에 흐르는 넓은 강 위로 오리들이 평화롭게 떠다니고, 1인용 보트를 탄 애들이 빠르게 지나간다. 4인용이나 6인용 배를 탄 애들이 시끄럽게 떠드는 것도 평소와 똑같다.

"오늘 좀 일찍 들어와서 돌아다녀 봤는데, 속도는 전보다 확실히 빨라진 것 같아. 보이는 것도 조금 더 또렷하지 않아?"

"넌 맨날 일찍 오잖아. 너 지각하는 거 한 번도 못 봤어."

"그냥 일어나서 스크린 윈도 켜면 되는데 어떻게 늦어? 늦고 싶어도 늦을 수가 없다, 난."

여름이 잘난 척을 하는 표정을 지었다.

"하여튼 잘났어."

수지는 여름을 보면 애들이 왜 자신을 보고 잘난 척을 한다고 하는지 이해가 갈 것 같기도 했다. 여름은 부지런하고 성실하다. 성적도 최우수는 아니지만 항상 중상위권을 유지한다. 수지도 원래 공부를 못하는 편은 아니지만 여름과 수준을 맞추고 싶어서 성적 관리에 더 신경 썼다. 그런데 지난 학기에 여름이 입이 딱 벌어지게 높은 점수를 받아서 수지는 잠깐 의기소침해졌다. 덕분에 자극받아서 겨울 방학 동안 공부에 매달리긴 했지만 말이다. 이번 학기에도 성적 차를 좁히지 못하면 같은 중학교에 들어가기는 어려울 것이다. 여름과 다른 학교로 갈라진다니. 검은가시모기에 쏘이는 게 차라리 나을 거라고 수지는 생각했다.

수지와 여름은 2인용 보트에 올라탔다. 보트는 속도를 느리게 맞춰 놓아서 천천히 수면 위를 미끄러졌다. 하늘은 맑고 해는 눈부셨다. 이 학교의 복도에 흐린 날은 없다. 365일 완벽한 날씨다.

"넌 오늘 수업 뭐 뭐 있어?"

수지가 하늘을 올려다보다 눈부신 햇살에 얼굴을 찌푸리며 물었다.

"국어, 역사, 체육."

"좋겠다! 나랑 시간표 바꾸자. 체육만 빼고."

"그러게 이번 주 국어랑 역사를 왜 미리 다 들었어. 넌 맨날 좋아하는 거 먼저 다 듣고, 싫어하는 거 뒤에 몰아서 듣더라. 그게 더 힘들지 않아?"

"그렇긴 한데 싫은 건 하기 싫어서 자꾸 미루게 돼."

"중학교 올라가서도 그러면 진짜 힘들걸? 넌 오늘 뭐 들어?"

"수학이랑 토론. 두 개 다 내가 제일 싫어하는 수업인 거 알지?"

"그래도 체육은 들었네? 같이하자니까."

"너무 하기 싫은데 수요일에 기운이 나길래 그냥 들어 버렸어. 다음 주에는 같이하자."

당연하지라는 말을 기다리는데 문득 여름의 표정이 굳어

졌다.

"왜? 싫어?"

"누가 싫대?"

"근데 표정이 왜 그래?"

"내 표정이 뭐가. 그래, 같이하자 같이해. 응? 꼭 같이하는 거다? 꼭?"

여름이 집요한 척 장난을 치자 웃음이 났다. 여름과 있으면 이상하게 기분이 좋아졌다.

"알겠어. 그만해."

"이따 6단계 시범 교육 갈 거지?"

"봐서. 수업 다 듣고 기운 남으면."

"하여튼 체력 진짜 약하다니까. 이따 갈 거면 연락해. 난 여기서 내려야겠다."

"응, 이따 봐. 수업 잘 들어."

배가 멈추고 여름이 교실 앞에 내렸다. 미안. 수지는 여름의 뒷모습을 보며 생각했다. 이번에도 거짓말이었다. 6단계 시범 교육은 꼭 갈 것이다. 다만 이번에는 여름과 같이 가는 게 아니라 혼자 가고 싶었다. 그는 혼자만의 비밀이었다. 만나는 사람이 생겼다는 걸 여름에게도 말하지 못했다. 비밀 연애를 당분간은 혼자 간직하고 싶었다.

― 보고 싶어.

손목에 찬 미니 윈도에 새로운 메시지가 떴다. 그에게 온 메시지였다. 메시지를 보자마자 기뻐서 가슴이 벅차올랐다.

― 나도요.

수지는 메시지에 서둘러 답을 하고 배에서 내렸다. 어느새 교실 앞에 도착해 있었다. 수지는 교실 문을 열고 교실 안에 잘못된 것은 없는지 살폈다. 수학은 싫어하는 시간인 만큼 교실을 더 신경 써서 꾸몄다. 보랏빛 라일락과 빨간 양귀비, 그리고 색색의 들꽃들이 가득 핀 들판에 양 몇 마리가 돌아다니며 풀을 뜯는다. 푸른 나무들이 듬성듬성 서 있고, 그중 가장 큰 나무 아래에 예쁜 돗자리가 펼쳐져 있다. 수지는 자신이 꾸민 이 교실에 '낭만적인 봄날의 소풍'이라는 제목을 붙였다. 넓은 공간은 아니지만 그래도 꽤 멋진 교실이라고 수지는 자부했다. 다음 달인 5월에 결과를 발표하는 교내 예쁜 교실 대회에도 이 교실을 제출했다.

수지는 돗자리 위에 앉아 바구니에서 티팟 세트를 꺼냈다. 아침에 미리 우려 놓아서 식어 버린 홍차를 찻잔에 따르고, 쿠키는 접시에 담았다. 수지에게 티팟 세트는 수학 시간에 지지 않기 위한 방어 무기나 마찬가지였다. 항마력을 높여 준달까?

그러나 이번에도 패배하고 말았다. 그것도 20분도 안 지나서. 수지는 감기는 눈을 부릅떴다. 토론을 먼저 할 걸 그랬을까? 첫 시간을 수학으로 한 건 지나치게 자신만만한 선택이었던 것 같다. 아무리 선생님 말을 잘 들어 보려고 해도 이해가 가는 것이 별로 없어서 소리가 귀로 들어가지 않고 귓등을 스치며 멀리멀리 흘러갔다. '수학 점수만 높아도 상위권으로 올라갈 수 있을 텐데!' 그런 생각을 하며 정신을 붙잡으려 애써 봤지만 나아지는 것은 없었다.

수지는 잠이 깰까 싶어서 '주변 보이기' 기능을 켰다. 지금 수학 수업을 듣는 애는 다섯 명이었다. 그런데, 맙소사! 그 애도 있었다. 강문소연. 6학년 중에서 제일 잘생긴 애. 수지는 남자애들에게 관심이 없었지만 강문소연을 보면 자기도 모르게 자꾸 눈길이 갔다. 강문소연보다 더 잘생겼다는 말을 많이 듣고 인기도 더 많은 남자애가 두세 명 정도 있었지만, 수지는 강문소연을 볼 때만 얼굴에 열이 올랐다.

'쟤가 그 사람이라면……'

상상한 것뿐인데도 갑자기 높은 무대 위에 올라간 것처럼 얼굴이 빨개지고 가슴이 두근거렸다. 그때 강문소연이 수지 쪽을 봤다. 강문소연과 눈이 마주친 수지는 얼떨결에 그 애를 빤히 보다가 자신이 뭘 하고 있는지 깨닫고 얼른 고개를 돌렸다.

'방금 진짜로 눈이 마주친 걸까?'

아마 그럴 것이다. 수지가 알기로는 강문소연은 언제나 '주변 보이기' 기능을 켜 뒀다. 언젠가 그 애가 자기 친구들한 테 '주변 보이기' 기능을 안 켜 놓으면 주위에서 무슨 일이 일어나는지 몰라 불안하다고 하는 말을 들은 적이 있다.

'만약 강문소연이 그 사람이라면, 그걸 아는 게 나을까 모르는 게 나을까? 하긴 강문소연 같은 애가 가짜 얼굴을 쓴다니 그것도 말이 안 되지. 저런 얼굴이면 가짜 얼굴로 돌아다닐 필요가 없잖아. 아냐, 쓸데없는 생각 그만하고 수업에 집중하자! 쟤가 그 사람이라니 아무리 상상이라도 말이 안 돼.'

수학에 이어 토론 수업까지 해치웠다. 이번 주에는 학교를 열심히 다녀서 이제 남은 수업이 없었다. 이 학교에서는 매주 들어야 할 수업량이 정해져 있다. 어차피 몇 가지 수업을 빼고는 선생님들이 미리 녹화해 둔 수업 영상을 보며 문제를 푸는 것이라 각자 자기 사정에 맞게 일주일 동안 들어야 할 수업량을 채우면 된다.

토론 수업은 오늘도 끔찍했다. 수지에게 자기 의견을 말하는 것은 전혀 어렵지 않았다. 문제는 다른 애들이었다. 수지가 보기에 애들은 토론을 못했다. 그냥 못하는 게 아니라 끔찍하게 못했다. 그냥 우겨대기만 하는 애도 있고, 아예 자기 의견이라는 것 자체가 없는 애들도 있다.

'그냥 나 혼자 찬성 의견, 반대 의견 다 하면 좋을 텐데.'

수지는 오늘 토론 시간에 느낀 답답함이 풀리지 않아 한숨을 쉬면서 복도를 걸었다. 자신이 나서서 정리하지 않았다면 수업 시간이 끝날 때까지 아무 결론도 내지 못했을 거라 생각하면서. 토론 시간에 제일 말을 많이 하고, 다른 애들이 내놓는 어지러운 의견을 중간에서 정리하는 것도 수지일 때가 많았지만 왠지 토론 과목 점수는 항상 그리 높지 않았다. 수지는 그래서 토론 수업이 더 싫었다. 토론 채점을 어떻게 하는지는 몰라도 학교 시스템에 문제가 있는 게 틀림없었다. 작년에는 토론 점수가 도저히 이해가 안 돼서 학교 시스템에 질문을 올렸는데, 3일이 지나서 답장이 왔다. 그 답장에는 "토론 태도가 독단적"이라는 말이 쓰여 있었다.

"나보고 어쩌란 말이야! 누가 나서지 않으면 토론이 정리가 안 되는데."

수지는 복도 한가운데서 분노를 터트렸다. 얼른 배를 타고 이동하고 싶었지만 아무래도 오늘은 걸어가야 할 듯했다. 강에 애들이 너무 많았다. 다들 6단계 시범 교육에 참가하러 가는 것 같았다. 수지는 보트를 포기하고 걸음을 서둘렀다. 혹시나 여름과 마주칠까 봐 조마조마했다.

6단계 시범 교육은 시스템에서 따로 만든 문을 통과해야 했다. 얼굴 스캔도 문에서 한 번 더 하고, 선생님이 직접 문을 지키고 서서 들어가는 애들을 확인했다. 확인 절차가 끝나고 문이 열렸다. 그 안은 우주선처럼 꾸며져 있었다. 수지는 원형으로 배치된 스무 개의 좌석 중에서 빈자리를 찾아 앉았다. 앉은 애들을 눈으로 둘러보니 여름은 없었다. 그제야 마음이 조금 편해졌다. 아마 여름이 들어올 리는 없을 것이다. 오늘 여름은 수업이 하나 더 있으니까.

좌석이 모두 채워지자 안내 방송이 나왔다.

"자, 그럼 우리 우주선 이제 출발 준비를 시작합니다."

아이들이 그 말을 듣고 키득거렸다. 다들 들뜬 듯했다. 6단계 시범 교육은 일단 5, 6학년만 대상으로 했다. 대상에 들지 못한 저학년들은 고학년들을 무척 부러워하고 속상해했다. 이런 것은 고학년만의 얼마 되지 않는 특권이었다.

안전벨트가 자동으로 채워지며 주의 사항이 이어졌다.

"이제부터 여러분은 우주 공간 속으로 들어갑니다. 360도 회전을 하는 느낌이 들겠지만 실제로 좌석은 움직이지 않으니 놀라지 마시길 바랍니다. 10초를 센 뒤에 출발합니다. 도착하면 안전벨트가 풀릴 때까지 움직이지 마시고, 안전벨트가 풀리면 천천히 일어나세요. 그다음부터는 자유롭게 우주 공간을 탐험하시면 됩니다. 돌아오고 싶을 때는 미니 윈도에 연결된 시스템에서 정거장을 찾아 호출하세요. 그럼 10초 카운트다운 시작합니다. 10, 9, 8, 7, 6……."

카운트다운이 끝나자 정말로 좌석이 천천히 움직이기 시작하는 느낌이 들었다. 하지만 다른 좌석을 봐도 움직이는 곳은 없었다. 곧 몸이 거꾸로 들리는 듯하더니 안내 방송이 말한 대로 원형 좌석 전체가 360도로 천천히 회전하는 느낌이 들었다. 수지의 입이 저절로 벌어졌다. 한 번의 회전이 끝난 뒤에는 갑자기 돌아가는 속도가 빨라졌다. 다른 애들의 소리가 커졌다가 서서히 멀어지면서 눈앞이 하얘졌다.

'다른 애들은 이걸 어떻게 견디는 거야?'

수지는 비명을 지르며 눈을 감았다. 다시 눈을 떴을 때 수지는 우주 공간 안에 있었다. 아이들을 갑자기 공중에 떨어 트려 놓으면 공황을 느낄까 봐 걱정한 것인지 정거장이 있었다. 수지는 자신의 발이 바닥에 붙어 있는 것을 확인하고 안도의 한숨을 내쉬었다. 다른 애들도 어지럼증을 느끼는지 비슷한 동작들을 하고 있었다.

수지는 '주변 보이기' 기능을 끄고 혼자 우주에 있는 기분을 느끼고 싶었지만 여기서 그랬다가는 다른 애들과 계속 부딪힐 것 같았다. 얼른 다른 애들이 없는 곳으로 이동하는 게 나을 듯했다. 정거장은 커다란 창문으로 우주를 볼 수 있었지만 정해진 길 외의 곳으로 갈 수는 없게 설계가 되어 있었다. 수지는 다른 애들을 따라 정거장 복도로 걸어갔다. 복도는 거대하고 길었다. 호텔처럼 번호가 붙은 문들이 있었는데, 그 문으로 나가면 행성 탐험을 할 수 있다는 안내가 붙어 있었다.

"B612, B612."

수지는 그 숫자를 조그맣게 중얼거리며 방을 찾았다. 벌써 반 넘는 애들이 문을 열고 나가서 복도가 한산해졌다. 모든 문을 열어 볼 작정인 애들도 있는 것 같았다. 그러나 수지는 다른 방에는 전혀 관심이 없었다.

"찾았다. B612."

그 방은 복도의 3분의 2 지점에 있었다. 인기가 많을 거라 생각했는데 B612의 샘에서 진짜 얼굴을 볼 수 있다는 소문이 아직 퍼지지 않은 모양인지 이 방 앞에 있는 사람은 수지뿐이었다.

열린 문 앞에 카펫이 깔린 길이 길게 이어져 있었다. 폭도

좁지 않았다. 하지만 눈앞이 아찔했다. 카펫은 우주 가운데에 떠 있었다.

'카펫 밖으로 잘못 떨어지면 심장 마비 걸리겠는데?'

문에서 나가지 못하고 있으니 안내가 들렸다.

"앞으로 한 걸음 내디뎌 보세요. 이곳은 완벽히 안전한 가상 공간이니 겁먹지 마시고요."

수지는 안내에 따라 한 걸음을 내디뎠다. 카펫은 생각보다 단단했다. 또 올라서 보니 문 앞에서 본 것보다 폭도 훨씬 넓었다.

"자, 계속 걸어 보세요."

수지는 앞만 보면서 앞으로 천천히 걸어갔다. 양옆에 막막하고 아득한 우주가 펼쳐져 있을 거라 생각하니 고개를 돌릴 용기가 나지 않았다. 앞쪽에는 행성이 있었다. 지구보다 훨씬 작은 행성이었다. 몇 걸음 걷다 보니 곧 익숙해져서 걸음이 점점 빨라졌다. 얼른 행성 안으로 들어가서 샘에 그의 모습을 비추어 보고 싶었다.

"으악!"

수지는 걷다가 풀썩 주저앉았다. 카펫이 끊겨 있었다. 한 걸음만 더 내디뎠으면 우주 공간으로 떨어질 뻔했다. 실제 우주 공간은 아니니 정말로 추락하지는 않겠지만 그래도 눈에는 그렇게 보이니 가슴이 철렁했다. 끊긴 카펫부터 행성까지는 거리가 꽤 됐다. 걸어서 간다면 지금 걸어온 만큼만 가면 되겠지만…….

"여기서부터는 우주의 무중력을 경험해 볼 수 있어요. 원한다면 미니 윈도에서 '예'를 누르시고, 원하지 않는다면 '아니오'를 누르세요."

안내가 나온 동시에 손에 찬 미니 윈도에 '예'와 '아니오'를 고를 수 있는 화면이 떴다. 미니 윈도가 학교 시스템과 잘 연결되어 있다는 의미였다. 수지는 미니 윈도에서 '예'를 눌렀다. 그러자 행성에서 기다란 밧줄이 나와 수지 앞으로 다가왔다.

"'예'를 고르다니 용감하시군요! 밧줄의 안전장치를 몸에 고정하세요. 고정이 완료되면 미니 윈도 화면이 초록색으로 바뀝니다. 고정이 완료되지 않으면 카펫이 행성까지 이어집니다."

안전장치를 몸에 거는 것은 전혀 어렵지 않았다. 미니 윈도 화면이 초록색으로 바뀌자 방금 전보다 안정적인 기분이 들었다.

"이제 또 한 발 내디뎌 보세요."

수지는 한 발을 내디뎠다. 발이 아무 데도 닿지 않았다.

"또 한 발."

수지는 두려웠지만 또 한 발을 내디뎠다. 그와 동시에 두 다리가 뒤로 밀리더니 몸이 떴다. 순간적으로 겁이 나서 팔을 마구 휘젓자 발이 다시 카펫에 닿았다.

"심박 수가 빨라져서 무중력 설정을 일시 중단했어요. 적응이 될 때까지 반복할 수 있으니 안심하세요. 다시 도전하시겠어요?"

수지는 고개를 끄덕이면서 '예'를 눌렀다. 이번에는 할 수 있을 것 같았다. 다시 몸이 떠오르자 식은땀이 살짝 났지만 기분 좋은 흥분도 느꼈다. 수영할 때처럼 팔을 앞으로 저어야 하는 건가 고민했지만 줄이 몸을 앞으로 당겨서 저절로 행성과 가까워졌다. 수지는 그제야 주변을 둘러보았다. 사방으로 아득하게 펼쳐진 거대한 우주가 보였다. 그리고 수많은 별. 그 거대함에 숨이 막힘과 동시에 가슴이 감동으로 떨렸다. 우주는 너무 아름다웠다.

공중에 떠서 우주 공간을 바라보는 시간이 찰나에 끝나고 곧 줄이 앞으로 강하게 당겨지더니 몸이 땅으로 천천히 내려갔다.

'더 보고 싶었는데. 처음부터 쭉 둘러보면서 갈걸. 이따 돌아갈 때는 한참 떠 있다가 나가야지.'

수지는 아쉬움에 자신이 내려온 위쪽을 바라보면서 생각했다. 멀지 않은 곳에 장미 한 송이가 피어 있는 것이 보였다. 수지는 그쪽으로 걸어가 장미를 내려다보았다. 장미는 투명한 고깔 안에 있었다.

"안녕?"

장미가 인사를 건넸다. 아름다운 목소리였다.

"안녕."

"물 한 잔만 줄래? 목이 말라서. 매일 와서 나한테 물을 주던 사람이 있었는데 요즘엔 안 보이네. 그 애가 어디에 있는지 아니?"

"내가 알기로는 사막에 있을 거야. 근데 금방 돌아올 테니 걱정하지 마."

수지는 이 행성이 《어린 왕자》에 나오는 소행성 B612라는 것을 그제야 알아차리고 장미에게 대답했다.

"걱정 안 해. 내가 왜 걱정하겠어?"

장미가 거짓말을 하고 있다는 것이 눈에 뻔히 보였다.

'나도 저러나?'

수지는 장미를 내려다보며 생각했다. 다른 사람에게 약한 마음을 들키기 싫어서 마음을 숨기기만 한다. 약한 마음은 놀림거리가 되기 쉬우니까.

"그 애가 돌아오면 그냥 솔직하게 말해 줘. 기다리고 있었다고. 그럼 진짜 기뻐할 거야."

"그럴까?"

장미가 물었다.

"그럼."

"생각해 볼게."

"물은 어디에 있어?"

"샘에. 근데 나도 샘이 어디 있는지는 몰라. 그 애가 항상 샘에서 물을 가져와 주니까. 하지만 작은 별이니까 금방 찾을 수 있을 거야."

수지는 장미를 지나 샘을 찾아 행성 안을 돌아다녔다. 장미의 말대로 샘은 금방 찾을 수 있었다. 생각보다 작고, 생각했던 것보다 훨씬 맑은 샘이었다. 샘 앞에서 수지는 미니 윈도로 그에게 메시지를 보냈다.

– 혹시 지금 잠깐 볼 수 있어요?

오늘을 놓치면 6단계 시범 교육의 날까지 한 달을 다시 기다려야 한다. 미리 시간 약속을 잡아 놓을 걸 그랬다는 생각이 스쳤지만 이제 어쩔 수 없었다.

'그 사람이 메시지를 늦게 보면 어쩌지?'

답은 금방 오지 않았다. 수지는 그에 관해 아는 것이 많지 않았다. 아니, 중요한 것들은 알았다. 그가 무엇을 좋아하고, 무엇을 싫어하는지. 최근에 기분이 좋았던 일은 무엇인지, 상처를 받은 일은 무엇인지. 수지가 그에 관해 아는 것보다는 그가 수지에 관해 아는 것이 훨씬 많기는 했다. 수지는 그에게 무엇이든 다 이야기했다. 그는 든든하고 따뜻한 사람이었다. 동갑일 수도 있지만 말하는 것을 봐서는 적어도 몇 살은 더 많을 듯했다. 실은 어른일 수도 있다는 걸 알고 있었다. 여름이나 다른 사람들에게 말하지 못한 것은 그 때문이기도 했다. 어른과의 연애라니. 부모님이 알면 당장에 관계를 끊게 할 것이다. 그를 경찰에 신고할지도 모른다. 그를 그런 곤경에 빠지게 할 수는 없었다. 그는 잘못한 것이 없다. 그저 이야기를 들어 주고 사랑을 주었을 뿐이다. 사람들은 그를 오해할 것이다. 그런 식으로 그를 배신할 수는 없었다.

수지는 오늘 그에게 제대로 고백할 생각이었다. 당신이 어른이어도 상관없다고. 당신을 진심으로 사랑한다고. 당신을 배신할 일은 절대로 없을 거라고.

답이 왔다.

— 지금? 당연하지. 요즘엔 종일 네 생각만 나. 내가 노크할까?

— 제가 할게요.

수지가 미니 윈도에서 그의 스크린 윈도를 선택하고 '노크하기'를 터치했다. 그와 동시에 그의 얼굴이 화면에 떴다. 평소와 같은 얼굴이었다. 부드러운 인상에 열다섯 정도로 보이는 얼굴. 그는 그게 가짜 얼굴이라는 걸 처음부터 숨기지 않았다. 수지 역시 가짜 얼굴을 썼기에 그건 중요한 문제가 아니었다.

"안녕? 하루 잘 보내고 있어? 오늘은 교실이 독특하네. 네가 디자인한 거야?"

"제가 한 건 아니에요."

"그래. 네가 한 게 훨씬 멋지지. 교실 대회 우승자인데."

수지는 기분이 이상했지만 그래도 웃었다. 그는 수지가 웃는 것을 좋아했다.

"아직 결과도 안 나왔는데."

"네가 우승할 거야. 당연히 네가 우승이지."

아빠나 엄마한테 듣고 싶었던 말이었다. 하지만 부모님은 이런 말을 해 주지 않았다. 부모님은 수지가 교실 대회에 자신이 꾸민 교실을 제출했다는 것도 몰랐다. 아빠와 엄마는 수지가 교실 꾸미기에 지나치게 오래 시간을 들이는 걸 못마땅해했다. "교실이 중요한 게 아니잖아. 성적이 중요하지. 교실 꾸밀 시간에 공부나 좀 더 해."라고 하기 일쑤였다.

부모님과 달리 그는 항상 응원의 말을 해 줬다. 힘이 나는 말을 해 주고, 학교에서 속상한 일이 있거나 부모님과 싸우고 울 때는 따뜻하게 위로해 줬다. 도움이 되는 조언을 해 줄 때도 많았다. 가끔은 선물을 보내 주기도 했다. 가상 공간에서 입을 수 있는 예쁘고 비싼 옷이나 신발 같은 것들을. 그가 사 준 옷을 입고 가상 공간에서 그를 만나면 그는 반한 표정으로 수지를 바라보았다. "너 정말 예쁘다. 내가 아는 사람 중에 제일 예뻐." 수지는 그와 일주일에 한두 번씩 가상 공간 카페나 거리에서 데이트를 했다. 그가 나타난 뒤 수지의 삶은 바뀌었다. 아주 행복하게. 수지는 그를 잃는 것을 상상도 할 수 없었다. 오늘 샘에 어떤 얼굴이 나타나든 그에 대한 마음은 변하지 않을 것이다.

"여기 신기한 게 있는데 보여 줄게요."

"뭔데? 선물이야?"

"눈 감아 봐요."

가슴이 두근거렸다.

"정말 선물인가 보네."

"얼른 눈 감으라니까요. 눈 감고 두 손으로 얼굴 가려요."

수지가 웃으며 재촉했다.

"알겠어."

그가 눈을 감고 두 손으로 얼굴을 가렸다. 두 손 사이로 활짝 웃는 입이 보였다. 수지는 미니 윈도 화면을 샘에 가져다 댔다. 샘은 거울처럼 미니 윈도 화면과 수지를 비췄다. 수지는 샘에 비친 자신의 모습에 고개를 돌리고 싶었다. 뚱뚱한 몸에 못생긴 얼굴. 갑자기 용기가 나지 않았다. 그가 자신의 모습을 보기라도 한다면. 욕을 하고 차단을 해 버릴지도 모른다. 하지만 미니 윈도의 화면이 작아서 샘에 비친 자신의 모습이 그에게 보이지는 않을 것 같았다. 수지는 용기를 냈다.

"자, 이제 얼굴에서 손 떼세요."

그가 수지의 말대로 했다. 두 손에 가려졌던 그의 얼굴이 드러나며 샘의 수면에 그의 진짜 얼굴이 떠올랐다. 미니 윈도가 손목에 감겨 있는 것이라 다행이었다. 미니 윈도를 손에 들고 있었다면 샘으로 떨어졌을 것이다. 수지는 믿을 수없어서 샘에 비친 그의 얼굴을 다시 들여다봤다. 그는 할아버지였다. 아빠보다 훨씬 나이가 많고, 어쩌면 수지의 할아버지보다도 나이가 많을지 몰랐다.

"이게 뭐야? 뭐 하는 짓이야! 장난치지 말고 이거 당장 끄지 못해!"

미니 윈도 속의 그가 소리를 질렀다. 수지는 너무 놀라 얼이 빠져서 아무것도 하지 못했다. 그냥 샘에서 물러나 주저앉았을 뿐이다.

"배수지! 무슨 일 있어?"

뒤에서 여름의 목소리가 들렸다. 수지는 뒤를 돌아봤다. 여름이 거기 서 있었다.

"넌 이거 어떻게 알았어?"

"뭐가? 무슨 일이야?"

여름이 걱정스러운 얼굴로 다가왔다.

"괜찮아?"

"여기 샘에 진짜 얼굴이 비치는 거. 다른 애들은 모르는 것 같던데?"

"그냥 우연히 들었어."

"그래?"

수지는 자리에서 일어나 여름의 어깨를 잡고 순식간에 샘에 그 애의 얼굴이 비치게 했다.

"말도 안 돼."

방금 전 샘에 나타났던 그의 얼굴보다 이쪽이 더 충격적이었다. 수지는 여름의 어깨를 놓고 비틀거리며 뒤로 물러났다. 여름이 다가왔다.

"오지 마. 나한테 가까이 오지 마."

"배수지."

"저리 가라고!"

샘에는 아무것도 비치지 않았다. 진짜 얼굴이 없는 사람은 세상에 없다. A가 아니라면. A들은 가상 공간 안에서만 존재한다.

여름은 3학년 1학기 초에 전학 왔다. 여름이 먼저 말을 걸었던가? 누가 먼저 말을 걸었는지 몰라도 두 사람은 쉽게 친해졌다. 수지의 친구는 여름뿐이었고, 여름의 친구도 수지뿐이었다.

"어떻게 된 거야? 너 진짜 A 맞아? 사람이 아니었어?"

"네가 이 학교에 들어오고 나서 2년 동안 좀 힘들었잖아. 적응을 잘 못했지. 너도 알잖아. 학교에 적응하지 못하는 학생들을 도와주는 A들이 있다는 거. 그래서 내가 온 거야. 널 도와주려고."

"누가 도와 달랬어? 이런 도움 바란 적 없어. 누가 꾸민 짓이야? 우리 엄마 아빠가 널 신청했어?"

"누가 신청한 게 뭐가 중요해. 너한테는 내가 필요했어. 나는 너한테 도움이 됐고. 그리고 너도 어느 정도는 알았잖아. 아예 몰랐다고는 하지 마. 눈치챈 적 있었으면서."

그럴지도 모른다고 생각한 적은 있었다. 이상하다면 이상한 것들이 한 번씩 있었으니까. 하지만 요즘 세상에 진짜 인간과 A를 구분하기란 거의 불가능했다. 적어도 가상 공간 안에서는.

"어차피 졸업도 얼마 안 남았는데 졸업하고 다른 학교로 간 것으로 하면 끝이었잖아. 왜 이딴 식으로 알게 하는 건데?"

수지는 격분해서 소리쳤다. 배신감으로 정신이 나가 버릴 것 같았다.

"얼마 전부터 네가 위험한 관계를 맺고 있다는 게 감지됐어. 바로 알지는 못했고, 심각해진 다음에야 알았지. 바로 경찰에 신고할 수도 있었지만 그러면 네가 이해 못 했을 거야. 그 사람하고 어떻게든 다시 연결하려 할지도 몰랐고, 그 사람과 맺었던 것과 비슷한 관계를 다른 사람과 맺으려고 시도할 가능성도 낮지 않았어. 네가 직접 그 사람과의 관계를 끊는 게 제일 낫다는 게 결론이었어. 어른들은 몰라. 학교도, 부모님도. 네가 상처를 제일 덜 받을 방법은 내 선에서 해결하는 거라고 판단했어. 근데 마침 6단계 가상 공간에서 할 수 있는 일을 알았고, 최선의 방법을 찾았다고 생각한 거야. 나도 원래는 졸업식 때 정식으로 이별하고 서서히 멀어지는 단계를 밟고 싶었어. 네가 나와 헤어질 준비가 아직 안 됐다고 생각했으니까."

"그건 네 착각이고. A들도 착각을 하는 줄 몰랐네. A는 다 똑똑하기만 한 줄 알았지. 네가 A란 것만 알았어도 예전에 내가 먼저 너 안 봤어. 내가 지금 제일 화나는 게 뭔지 알아? 널 진짜 친구라고 믿은 거야. A를 친구라고 믿고 살았다니 진짜 자존심 상해!"

"네가 그래서 친구가 없는 거야."

"뭐?"

"이 상황에서도 네 자존심이 제일 중요한 애니까. 넌 너밖에 몰라. 이기적이고 독단적이지. 난 원래 1년 동안만 널 도울 예정이었어. 너한테 다른 친구가 한 명이라도 생기면 난 떠났을 거야. 다른 때처럼 전학 간 것으로 처리하고 얼굴을 바꿔서 다른 애를 도와줬겠지. 근데 넌 3년이 넘도록 나 말고는 다른 친구가 없잖아."

"네가 방해한 건 아니고?"

수지로서는 최선을 다한 공격이었지만 여름의 표정은 무섭도록 흔들리지 않았다.

"그럴지도 모르지. 널 돕고 있다고 생각해 왔는데 최근에 그게 아닐지도 모른다는 판단이 들었어. 너와 3년을 넘게 보냈는데 넌 나 말고는 어떤 친구도 못 사귀었고, 갑자기 웬 이상한 놈이랑 위험한 관계에 들어서기까지 했으니까. 인정할게. 난 실패했어. 너한테 좋은 A가 아니었던 거야. 그러니까 오늘부로 넌 나한테서 졸업해. 네 친구인 척하는 건 오늘이 마지막이야."

수지는 화를 내려고 입을 열었다. 하지만 말이 나오기도 전에 눈물이 흘러내렸다.

"네가 전학 온 날이 나한테는 최고의 날이었어. 너한테 처음 친구가 되고 싶다는 편지를 받은 날 내가 얼마나 기뻤는지 알아? 화장실에서 혼자 앉아 울기까지 했어. 근데 어떻게 나한테 이럴 수가 있어?"

여름은 아무 대답도 하지 않았다. 그저 무표정으로 수지의 감정이 가라앉기를 기다리는 듯 서 있었다. 그 냉정함에 수지는 기가 질렸다. 목소리가 들려온 곳은 다른 쪽이었다.

"수지야, 수지야."

아까부터 그가 수지를 부르고 있었다. 수지는 손목을 들어 미니 윈도를 바라보았다. 그가 아직 거기에 있었다. 화면 속의 그는 열다섯 살의 얼굴이었다. 수지는 자신이 사랑했던 얼굴을 봤다. 그의 얼굴을 보자 다시 애틋함 같은 것이 마음속에서 샘솟았다.

"많이 놀랐지?"

그가 평소처럼 다정한 목소리로 말을 건넸다.

"미안해. 근데 방금 그건 아무래도 뭔가가 잘못된 것 같아. 누가 장난을 친 거야. 네가 어디 있는지는 몰라도. 요즘 얼굴을 가지고 별별 해괴한 장난들을 다 치잖아. 너 그걸 믿는 건 아니지?"

그는 미소를 짓고 있었지만 초조함이 눈에 보였다. 그의 가늘게 떨리는 입술을 바라보니 샘에 비쳤던 그의 진짜 얼굴이 화면 속 얼굴과 겹쳐졌다. 이제 다시는 그를 달콤하게 생각할 수 없을 것 같았다. 그는 징그러웠다.

"A 같은 건 잊어버려. 무리해서 다른 친구 사귈 필요 없어. 내가 있잖아. 우리 둘. 내가 더 잘해 줄게. 내가 있으면 넌 외로울 일 없을 거야."

그의 목소리가 간청을 하는 것처럼 바뀌었다. 수지는 그 목소리가 듣기 싫어서 그와의 대화를 중단하고 그가 다시 자신의 윈도에 노크하지 못하도록 설정을 바꿨다.

"그 사람은 경찰에 신고할 거야. 선택의 여지는 없어."

여름이 말했다. 수지는 그 말에 아무 대꾸도 하지 않았다. 이제 자신과 상관없는 일이었다. 지금 수지에게 중요한 것은 여름이었다.

"네가 나한테 좋은 A가 아니었다고 했지? 나도 그런 것 같

아. A면 내가 다른 애들이랑 친해질 수 있게 도와줬어야지.
너 말고는 아무도 필요 없다고 느끼게 만들면 어떡해. 넌 진
짜 무능력한 A야."

"그래, 네 그런 면 때문에 다른 애들이 너한테 다가오기 힘
든 거야. 근데 내가 1,110일째 널 지켜봐 온 결과 네 그런 면
은 귀엽기도 해. 널 천천히 알아 갈 수만 있다면 누군가는 널
진심으로 좋아하게 될 거야."

"그럼 그렇게 만들어. 다른 사람이 날 천천히 알아 갈 수 있
게 도와. 날 도우러 왔다며. 실패하고 떠날 거야? 난 네 실패
가 되기 싫어. 할 일을 제대로 하고 가. 책임감 있게."

여름이 웃었다.

"당장 떠날 생각은 아니었어. 당연히 할 일은 하고 가
야지."

"오늘부로 너한테서 졸업하라며?"

"오늘부로 난 네 인간 친구가 아니라 A로서 네 옆에 있을
거야. 졸업할 때까지 친구를 한 명 이상 만들어. 그게 이제부
터 너와 나의 목표야."

"나 너 말고도 친구 있거든? 한 명 아니고 여러 명."

"토끼 굴? 그 친구들도 괜찮은데 학교 안에도 친구가 한 명
있으면 좋잖아. 언제까지 '이름 없는 결핍'으로 지낼 거야."

"내 해시태그 가지고 놀리지 마."

"올해까지 그 해시태그도 졸업해. 이만 가자. 시범 교육 종료 시간이 다 됐어."

수지는 미니 윈도에 연결된 학교 시스템에서 정거장 호출을 찾아 터치했다.

"내 손 잡아."

수지가 여름에게 손을 내밀었다. 여름이 수지의 손을 잡은 동시에 두 사람의 몸이 공중으로 두둥실 떠올랐다.

"아, 장미한테 물 갖다주기로 한 걸 깜빡했네."

"괜찮아. 해 지기 전에 어린 왕자가 돌아올 거야."

두 사람은 끝없이 위로 날아가다가 행성 바깥으로 나갔다. 수지는 그날 여름의 손을 잡고 바라본 우주를 오랫동안 기억하게 된다. 진심으로 마음을 나눌 수 있는 친구가 아주 많이 생긴 이후에도.

작가의 말

미래에는 우리가 가짜 얼굴로 살게 될까요? 가짜 얼굴을 쓰는 이유는 다양할 겁니다. 모두 각자 다른 이유가 있겠죠. 이 소설의 주인공 '수지'는 사랑받고 싶어서 가짜 얼굴을 씁니다. 진짜 얼굴로는 사랑받지 못한다고 생각했으니까요. 하지만 사실은 가까운 곳에 자신의 진짜 얼굴을 사랑하는 사람이 있다는 것을 알게 됩니다. 미래라는 단어를 떠올리면 아득하지만 저는 사람의 마음, 특히 사랑하는 마음은 크게 변하지 않을 것 같습니다. 마음을 표현하는 방식은 달라졌을지 몰라도 사람의 마음은 천 년 전이나 지금이나 그리 많이 달라지지 않은 듯합니다. 우리는 천 년 전에 쓰인 이야기 속 인물의 마음에 공감합니다. 천 년까지는 몰라도, 백 년 뒤의 독자가 이 이야기를 읽고 이 이야기 속 인물이 나와 같다고 느낄 수 있기를 바라며 썼습니다. 그리고 무엇보다 지금 친구가 아무도 없거나, 친구가 있어도 혼자라고 느끼는 사람들을 위해 이 이야기를 썼습니다. 이 이야기는 해피엔드인데 이것은 꿈 같은 이야기만은 아닙니다. 저는 학교에 다닐 때는 주로 혼자였지만, 지금은 진심으로 마음을 나눌 수 있는 친구가 많이 생겼고, 그것이 누구에게나 일어날 수 있는 일이라는 것을 이제는 압니다. 제가 알게 된 작지만 소중한 사실을 이 이야기의 독자분들에게 전하고 싶었습니다.

03

나에게 물어봐

고비읍

제주에서 나고 자랐다. 대학에서는 문예창작을 공부했다.
2019년 《창비어린이》 신인문학상 청소년 소설 부문에 〈너의
욕망은〉이 당선되며 작품 활동을 시작했다.

이번은 착각이 아니었다. 닫혀 있어야 할 새장 문이 확실
히 열려 있었다. 희미한 빛이 새장에서 새어 나왔다. 다온은
재빠르게 침대 등을 켜고 새장 안의 버디부터 확인했다. 방
안이 밝아졌지만 버디는 조금의 움직임도 없었다. 다온이 잠
들기 전에 본 모습, 날개가 온몸을 다 감싼 자세 그대로였다.
그 자세로 닫힌 새장 문을 여는 건 불가능했다. 하지만 버디
는 분명히 해냈다. 밤부터 아침까지 날개로 온몸을 다 가리
게 한 것은 다온이 처음으로 버디에게 내린 명령이었다. 이
용자가 입력한 명령을 따르는 건 버디의 마땅한 의무다.

언제부터였을까. 버디가 명령을 어긴 것은.

버디를 집으로 가지고 온 첫날, 다온은 잠을 이루지 못했

다. 자꾸 시선이 버디에게로 향했다. 버디는 잠을 자기라도 하는 듯 눈을 감고 있었다. 가슴에 달린 모니터도 꺼져 있는 데 이상하게 버디가 자신을 관찰하고 있는 것처럼 느껴졌다. 자신이 자는 동안 버디 역시 자는 듯이 멈춰 있을 거라는 걸 알고 있는데도 무언가 꺼림칙했다. 6년이나 버디와 함께 지 내야 한다니. 벌써부터 머리가 지끈거렸다. 가능하다면 즉시 버디를 반납하고 싶었다.

뜬눈으로 밤을 보내고 아침이 되자마자 아빠에게 버디에 게서 느껴지는 위화감에 대해 토로했다. 아빠는 버디와 함께 지내는 게 아직 어색해서 그런 거지, 익숙해지면 괜찮을 거라 고 말했다. 엄마도 아빠의 의견에 동의했다. 다온이 아장아 장 걸어 다니던 시절부터 여섯 살까지 매일 밤 꼭 껴안고 자 던 토끼 인형을 처음 봤을 때도 거부 반응을 보였다면서. 다 온은 지금은 기억이 가물가물한 토끼 인형을 떠올렸다. 엄마 는 다온이 토끼 인형을 보고 마치 징그러운 벌레를 보듯 집이 떠나가라 울어댔다고 했다. 토끼 인형에게 익숙해지기까지 는 8일이 걸렸다. 그 뒤로 다온은 인형의 수명이 다할 때까지 매 순간 토끼 인형과 함께했다.

"네가 낯가림이 심한 편이잖아. 일주일만 가만히 지켜봐. 토끼 인형처럼 버디와도 단짝이 될지 몰라."

엄마의 말과는 달리 일주일이 지나고도 다온은 여전히 버디가 불편했다. 그렇다고 토끼 인형을 떠나보냈던 것처럼 버디를 마음대로 처분할 수는 없었다. 고민 끝에 새장을 하나 샀다. 문이 열릴 때마다 얇고 길쭉한 조명에서 은은한 빛이 나오고, 버디의 발에 맞춰 움푹하게 홈이 파인 충전 패드가 깔린 새장이었다. 다온이 방에서 혼자만의 휴식을 누리는 동안 버디도 버디의 집에 들어가 있도록 했다. 같은 방이지만 각각의 공간으로 분리하고 난 뒤에야 다온은 안심하고 잠을 잘 수 있었다.

열네 살이 되면 누구나 다 버디를 받는다. 새처럼 날개와 짧은 부리가 달려 있고, 친구 같은 개인 로봇이라 버디라고 부른다. 버디의 날개 안쪽에 새겨진 개인 코드로 이용자인 아이의 신상과 아이 보호자의 신상을 확인할 수 있다. 보호자의 결제 코드와 연동시키면 대중교통도 이용할 수 있고, 편의점이나 식당에서도 결제가 가능하다. 버디가 신분증이자 지갑인 셈이다.

버디는 이용자가 아닌 다른 사람의 목소리나 손으로는 움직이지 않게 돼 있지만, 대부분의 아이들은 자신의 버디와 다른 버디를 헷갈리지 않도록 이름을 붙여 주었다. 카메라가 달린 눈과 가슴에 달린 모니터, 개인 코드를 제외한 다른 부분은 마음대로 튜닝을 할 수 있어 버디의 모습은 시간이 지날수록 점점 달라졌다. 처음 버디를 받았을 때부터 1년이 넘도록 아무런 변함이 없는 건 다온의 버디가 유일했다.

"다온이의 버디는 아직도 이름이 없어?"

"어."

"이름을 지어 주기 싫어?"

싫다기보다는 다정하게 이름을 불러 줄 만큼 버디가 가깝게 느껴지지 않았다. 다온이 입을 꾹 다물자 온리가 다온의 손을 잡았다. 매끄럽고 반질거리는 촉감이 아니었다면 사람의 손이라고 착각할 만큼 온리의 손은 따뜻했다.

"버디는 다온이가 고민이 있을 때 다온이의 말을 들어 주고 마음을 다독여 줄 든든한 친구가 될 거야. 다온이가 필요하면 언제든 도움을 줄 거고, 다온이가 어려워하는 문제를 풀수 있도록 가르쳐 줄 수도 있어. 버디는 그러려고 너와 만난 거야. 다온이만의 특별한 친구가 되려고."

지노는 온리의 목소리에는 울림이 있다고 했다. 온리의 말이면 뭐든 다 받아들이게 된다고. 나긋나긋하지만 힘이 있는 온리의 목소리는 충분히 설득력이 있었다.

하지만.

"버디는 열네 살이 되면 누구나 다 받는 거잖아."

열네 살이 되면 모두가 다 받는 버디를 특별하게 여겨야 할 이유가 있을까. 다온은 버디와 친구가 될 마음이 없었다. 더군다나 다온에게는 이미 정지노라는 특별한 친구가 있었다. 고민이 있다면 지노에게 말하면 된다. 도움이 필요할 때는 지노에게 요청하면 되고. 지노가 아닌 버디를 찾고 싶은 마음은 없었다.

"다온아."

버디가 없어도 될 것 같다고 말하려던 다온은 온리의 부름에 잠시 말을 멈췄다. 아. 또 그 표현을 썼구나. 버디를 받다. 다온이 이렇게 얘기할 때마다 온리는 버디를 만난 거라고 정정했다. 다온은 버디의 주인이 아니고, 마찬가지로 버디는 다온의 소유물이 아니라며 싱긋 웃는 온리는 어쩐지 버디의 편처럼 느껴졌다. 온리가 굳이 누군가의 편을 들어야 한다면 그래도 버디 편이 아닐까. 온리 역시 버디처럼 로봇이니까.

수능이 사라지고 직업을 결정하는 데 학벌은 더 이상 중요치 않게 되었는데도 청소년 자살률이 떨어지지 않고 학교 폭력도 끊이지 않자, 정부는 모든 학교마다 온리를 두고 두 달에 한 번 학생들의 상담을 진행했다. 아이들의 마음을 위로 하고 다독여 줄 수 있는 존재는 사람이 아닌 로봇일 거라고 온리를 만든 기업은 확신했다. 이익에 따라 입장을 바꾸지 않고, 어떤 위협에도 끝까지 비밀을 지켜 줄 수 있으며, 수많은 고민을 모두 기억하고 적합한 조언을 해 줄 수 있는 존재를 아이들이 원할 거라는 기업의 주장은 정부에게 확실히 먹혀들었다.

중학교 입학식 날, 흰색 가운을 걸친 온리는 자신을 OO중학교 상담 선생님이자 OO중학교 학생들의 친구라고 소개했다.

"친구에게는 존댓말을 하지 않아도 되겠지요?"

교장 선생님의 말뜻을 알아차린 아이들은 즉시 환호성을 질렀다. 선생님에게 반말할 수 있는 유일한 기회를 아이들은 놓치지 않았다. 상담 선생님이라 그런지 온리는 아이들의 마음을 누구보다 잘 알았다. 첫사랑이 누구냐고 짓궂은 장난을 치는 아이들에게 온리는 둘만 있을 때 따로 얘기해 주겠다며 너스레를 떨었다. 좋아하는 사람이 생기면 주저 말고 상담실로 찾아오라고 했다. 사랑 고민은 자신이 전문이라는 온리의 말에 아이들은 눈을 빛냈다.

온리는 사랑 고민뿐 아니라 모든 고민의 전문가였다. 한번 들은 학생들의 고민은 절대 잊어버리지 않았다. 비슷한 듯 저마다 다른 가정사도 제대로 기억했다. 자주 먹는 음식이나 즐겨 하는 게임, 좋아하는 아이돌 그룹까지도 온리는 다 꿰차고 있었다. 게다가 온리는 입도 무거웠다. 많은 아이가 온리에게서 다른 친구의 상담 내용을 캐내려고 시도했지만 모두 실패했다. 절교한 친구와 화해하고 싶다거나 이민을 가기 전 친구에게 깜짝 선물을 해 주고 싶다는 핑계거리는 온리에게 통하지 않았다. 의무적인 상담이라고 기피했던 아이들조차 한 학기가 지나가기 전에 온리와의 대화를 원하게 됐다. 대화 주제는 끝이 없었다. 아이들은 시시콜콜한 것까지 다 온리에게 털어놓고 즐거워했다.

그러나 다온과 온리와의 상담은 언제나 같은 식으로 끝났다. 알맹이 없는 짧은 대화 뒤 두 달 뒤에 만나자는 인사로. 그러나 이번은 달랐다. 다온이 상담실을 나가기 전 온리가 한마디를 더 했다.

"다온아, 네 버디는 답을 알아. 궁금한 게 있으면 버디에게 물어봐."

버디에게 밤에 움직인 적이 있느냐고 물어본다면 버디는 뭐라고 대답할까. 그 대답을 믿어도 될까. 온리는 버디가 혼자 움직일 수 있다는 걸 알고 있었을까. 한번 피어난 의구심은 몸집을 불려 나갔다.

온리에게 쌓인 다년의 빅 데이터를 바탕으로 개인 버디가 만들어졌다. 버디는 아이들의 보디가드나 다름없었다. 아이들이 위험에 처했을 때 버디의 눈은 CCTV가 됐다. 영상은 경찰서로 바로 전송이 되고, 부리 안에 있는 스피커는 즉시 사이렌을 울려 사람들을 불러 모았다. 인적이 드문 곳이어도 문제없었다. 이용자가 구조 요청을 하면 버디는 날개를 펴서 날아올랐다. 버디를 아이들에게 지급하고 나서 청소년 자살률과 학교 폭력은 급속도로 줄어들었다. 이제 버디 없이는 살 수 없다는, 버디와 대화를 나누면 모든 걱정이 사라진다는 버디 찬양 후기들이 빗발쳤다. 온리와 버디는 우리나라의 희망이라면서 뉴스에서도 떠들썩하게 다루었다. 초등학생용 버디는 물론, 맞벌이 부부도 마음 편하게 일하러 나갈 수 있도록 미취학 아동용 버디도, 돌봄이 필요한 노인용 버디도 만들어 달라는 요청이 끊이지 않았다. 버디는 사람보다 더 믿을 만한 존재였다. 그렇게 주장하는 사람 중 하나가 바로 지노였다.

지노의 할머니는 치매로 요양원에 있을 때 요양사에게 학대를 당했다. 할머니는 죽을 때까지 하나밖에 없는 딸도, 손자도 결국 알아보지 못했지만, 요양사만큼은 잊어버리지 않았다. 늘 힘없이 누워만 있던 할머니가 요양사가 병실에 들

어올 때마다 손을 들기에 지노의 가족들은 모두 할머니가 요
양사를 반기는 줄로만 알았다.

"우리 엄마 소원이 할머니가 엄마를 알아보는 거였어. 요
양사한테 어떻게 하면 할머니한테 기억될 수 있느냐고 물어
보기까지 했다고. 그 요양사 우리 엄마 말 듣고 실실 웃데. 글
쎄요, 저도 잘 모르겠네요, 이러면서. 얼마나 아팠을까, 우
리 할머니. 씨발. 버디가 있었으면 우리 할머니 분명히 좀 더
오래 살았을 거야. 그 새끼도 감옥에 바로 처넣을 수 있었을
테고."

지노는, 할머니는 버디가 없어서 죽었는데 자신은 버디의
도움을 받으면서 산다는 게 너무 괴롭다고 했다. 다온은 할
머니가 돌아가신 건 지노의 잘못이 아니라고 수십 번 얘기해
주었다. 지노가 트라우마에서 벗어날 수 있다면 비슷한 말을
몇 번 더 반복한대도 상관없었다.

"다온아, 나 이제 괜찮아졌어. 지누가 그랬어. 할머니에게
는 버디보다 내가 더 소중한 존재였을 거래. 내가 있어서 아
주 많이 행복했을 거래."

지노는 버디의 위로 덕분에 트라우마에서 벗어났다고 했
다. 다온은 자신이 버디에게 마음을 열지 못하는 이유가 어
쩌면 지노 때문은 아닐까 하는 생각이 들었다.

다온은 상담실 문고리를 잡은 채로 고개만 돌려 온리에게 물었다.

"너와 버디는 어떤 관계야?"

온리는 잠깐의 망설임도 없이 즉시 대답했다. 정말로 로봇다운 반응 속도였다.

"나는 나고, 버디는 버디야. 우린 별개의 로봇이야. 공통점이 하나 있다면 나와 버디 둘 다 너희들의 친구라는 거지. 그런데 다온아, 그건 왜 물어?"

"……그냥. 로봇끼리는 더 친한가 해서."

온리는 그저 웃기만 했다. 볼 때마다 온리는 웃는 얼굴이었다. 무슨 생각을 하면서 웃는 걸까. 미소의 의미가 다 다르긴 한가. 다온은 물끄러미 온리의 얼굴을 쳐다보다 그대로 상담실에서 빠져나왔다.

"상담은 어땠어?"

교실로 들어오자마자 지노가 물었다. 모든 학생이 상담을 다 받을 때까지 최대한 상담을 미룬 다온과는 달리 지노는 일찌감치 상담을 끝냈다. 온리와의 상담은 두 달에 한 번이지만 확실한 이유가 있다면 먼저 요청하는 것도 가능했다.

"저번이랑 비슷했어."

다온은 지노의 눈을 슬쩍 피하며 대답했다. 이 주제로 대화가 길어질수록 곤란해지는 건 다온이었다.

"그나저나 너네 엄마 다음 주 생신이잖아. 선물 뭐 살 건지 나도 생각해 봤는데, 스카프 어때? 무난한 디자인으로 잘 고르면 아무 옷에나 어울려서 괜찮을 것 같아."

다온은 얼른 화제를 돌렸다. 지노의 눈이 가느스름해진 걸 보면 대화의 주제가 바뀐 걸 알아차린 모양이었다. 다행히 다온이 원치 않는 대화를 지노는 억지로 이어 가지 않았다.

"선물은 이미 샀어."

"언제? 왜 나한테 안 물어봤어? 나랑 같이 사러 가지."

부모님의 생일 선물은 매년 다온과 지노가 합세해서 골랐다. 패션 센스가 뛰어난 지노 엄마의 선물을 고르는 게 제일 어려웠다. 지노 엄마는 자신의 마음에 들지 않는 물건은 비싸거나 유명하다고 해도 절대 쓰지 않는다. 작년에 오랜 고민 끝에 가장 인기 많다는 브랜드의 립스틱을 샀지만 색이 마음에 들지 않았는지 화장대 서랍에 고스란히 처박혔다. 이번에 제대로 만회하겠다고 벼르고 있었는데.

"저번 주 토요일에 지누랑 가서 주문해 놨어. 지누가 엄마를 위한 기가 막힌 아이디어를 냈지."

"……그게 뭔데?"

"수제 나무 도마를 선물하래. 엄마 이름도 도마에 새겨서.

최근에 엄마가 요리에 재미가 붙었다고 했거든. 지누가 다 분석해 줬어. 엄마가 고른 물건들을 보면 우드 제품들이 많다고. 지누 말 듣고 살펴보니까 진짜 우드 제품이 많더라고. 지누가 앞으로는 매년 자기가 골라 주겠대. 이제 엄마 선물 뭐 살까 머리 싸매고 고민 안 해도 된다."

어느 순간부터 지노와 대화를 할 때면 버디 얘기가 빠지지 않았다. 화제의 중심이 다 버디였다. 다온은 다른 대화거리를 떠올리려 했지만, 마땅히 생각이 나지 않았다. 지노만이 아니라 다른 아이들의 대화에도 껴들지 못했다는 걸 깨달았다. 어디서나 버디 얘기뿐이었다.

"너무 많이 먹는 거 아니야? 다 먹을 수 있어?"

지노의 식판에 음식이 가득했다.

"얼마 전부터 양이 좀 늘었어. 지누가 더 먹어야 된대. 성장기라 그런가 봐."

흰쌀밥과 바지락 된장찌개, 오징어 젓갈과 돼지고기 수육, 배추김치, 콩나물무침. 다온은 지노의 식판을 보다 고개를 갸웃거렸다.

"수육인데 쌈이 없네?"

"어. 지누가 오늘은 쌈 없이 먹으라더라."

학교의 급식은 뷔페식이다. 버디가 보내 준 개인 식단표에 따라 음식을 골라 먹으면 된다. 칼로리와 영양 성분은 물론 알레르기와 선호 재료, 기피 재료를 다 고려해서 그날 급식소에서 먹을 음식과 양이 전달됐다.

"너는 웬 컵라면이야. 네 버디가 그거 먹으랬어?"

"……어."

다온은 뜨끔했다. 어색한 표정이었을 텐데도 지노는 별 의심 않고 바로 넘어갔다. 어차피 지금은 버디가 없으니 확인할 수도 없다. 학교에서 버디를 데리고 갈 수 없는 유일한 장소가 바로 급식소다. 버디와 얘기하고 노느라 밥을 제대로 먹지 않는 학생들이 많아 생긴 규칙이었다. 버디가 먹으라고 한 음식은 따로 있었지만 다온은 버디의 말을 따르지 않았다. 몇 번 어긴다고 건강에 문제가 생기지는 않을 것이다.

"하긴. 지노도 나한테 가끔 밤에 라면 먹으라고 그러거든. 치킨이나 떡볶이도 먹으라고 하고. 야식 챙겨 주는 고마운 존재야."

어쩐지 지노의 뺨과 턱 밑이 둥실했다.

"몸무게 재 봤어?"

"아니. 지누가 잴 필요 없대."

"왜?"

"내가 지누의 깊은 생각을 어찌 다 알겠냐. 안 재도 된다니까 그런가 보다 하는 거지. 지누가 알아서 다 관리해 줄 거고."

청소년기의 왕성한 식욕에 맞춰 무작정 다 먹었다가는 비만이 되는 건 뻔한 일이다. 청소년들의 비만율이 줄어든 것도 버디의 체계적인 관리 덕분이었다. 관리 과정에서 일시적으로 몸무게가 늘 수는 있지만, 지노의 식단은 조금 의아했다.

다온은 버디가 없다는 걸 알면서도 주변을 한번 둘러보고는 목소리를 낮췄다.

"네 버디 뭔가 문제가 있는 거 아닐까? 야식을 권할 리가 없잖아. 몸에 좋은 채소들도 아니고."

다온의 말에 지노는 눈썹을 찌푸렸다. 지노는 속마음이 그대로 얼굴에 드러난다. 다온이 지노를 좋아하는 이유가 바로 이 점 때문이다. 지노는 겉과 속이 같았다. 서운한 일은 바로바로 솔직하게 터놓아야 우정이 오래간다며 불만이 있으면 언제나 눈썹을 찌푸리고 문제를 지적했다. 아차 싶어 다시 입을 열려던 찰나에 지노가 퉁명스레 말했다.

"여러 번 말했지만, 내 버디는 정지누라는 이름이 있어."

"미안. 깜빡했다."

"주의해 줘. 다음엔 진짜 화낼 거야."

다온은 명심하겠다며 열심히 고개를 끄덕였다.

"그리고 지누가 실수할 리 있어? 지누는 사람보다 똑똑해. 전국의 모든 아이들이 버디의 식단으로 밥을 먹어. 여태껏 아무 문제 없었고. 괜히 의심하지 마. 지나치게 신중한 것도 단점이야, 단점!"

지노가 냉철하게 말했다. 다온도 나름 할 말은 있었다.

"그럴 만한 이유가 있어. 내 버디는 진짜 이상하단 말이야."

다온은 한 번 더 주위를 두리번거린 뒤 조용히 속삭였다.

"버디가 밤에 제멋대로 움직여."

"뭐? 진짜?"

"그렇다니까. 넌 본 적 없어?"

"나 한번 곯아떨어지면 아침까지 자잖아. 지누가 안 깨워 주면 혼자 못 일어나. 지누가 혼자 움직이는 건 본 적 없긴 한데 원래 버디는 혼자 움직일 수 없었나?"

"나는 미리 버디에게 입력해 놨거든. 내가 아침에 깨울 때까지 새장에서 움직이지 못하게. 그런데 열흘 전쯤인가 새벽에 화장실 가려고 일어났을 때 새장 문이 열려 있는 거야. 그

때는 내가 새장 문을 안 닫고 잤나 했어."

다온은 침도 삼키지 않고 말을 이었다. 지노가 젓가락을
식탁에 탁 내려놓는 소리도 들리지 않았다.

"그런데 어젯밤에 또 새장 문이 열려 있더라고. 확실하게
새장 문을 닫고 잤는데 말이야. 뭔가 이상하지 않아?"

"어, 이상해."

"그치. 진짜 이상하지?"

"네가 버디를 새장에 가둔 게 진짜 이상하다. 버디는 친구
잖아. 아무리 네가 6년 동안 버디를 마음껏 이용할 수 있다
고 해도 그건 너무한 것 같아. 버디는 로봇이지만 사람처럼
말을 하고 감정도 느낀다고."

지노는 다온이 버디를 새장이 아니라 감옥에 가뒀다는 듯
이 버디의 입장을 대변했다. 다온은 지노가 버디의 편만 드
는 게 서운했다. 자신한테는 아무것도 물어보지 않았다. 어
째서 버디를 새장에 가뒀는지, 왜 버디를 멀리하는지. 이번
만큼은 지노와 말다툼을 하더라도 물러서기 싫었다.

"버디는 진짜로 감정을 느끼는 게 아니야. 배운 감정을 표
현하는 것뿐이지."

다온의 말에 지노는 또다시 눈썹을 찌푸렸다.

"사람은 안 그러는 것 같아? 사람도 똑같아. 사과하고 싶지

않아도 미안하다 말하고, 화가 났는데도 괜찮다고 말하고, 뒤에서는 욕하면서 앞에서는 좋아하는 척해. 다 그렇게 살아. 사람만 감정을 느낄 수 있다고? 웃기는 소리야. 그건 버디를 몰라서 그러는 거라고."

지노의 목소리가 격앙됐다.

"유다온. 네가 예민한 사람이란 건 알고 있었는데 요즘은 진짜 도가 심한 것 같아. 전부터 말하고 싶었어. 마음을 좀 열어. 너를 위해 하는 말이야. 버디와 친구가 되면 만족할 거야. 분명히."

다온은 충분히 만족스러운 삶을 살고 있었다. 지노와 단짝이 되었을 때부터 여태까지.

"난 친구는 너 하나면 돼."

……너는 아니야? 그러나 다온은 끝내 뒷말을 내뱉지 못했다. 지노의 눈썹이 꿈틀거렸기 때문이다.

"내 말 잘 생각해 보고 오늘 집에 가면 버디와 대화 좀 나눠 봐."

지노는 고갯짓으로 컵라면을 가리켰다.

"라면 붇겠다. 빨리 먹어."

다온은 다시 젓가락을 들었지만 수북했던 음식을 싹 비운 지노와는 달리 반도 먹지 못했다. 퉁퉁 불어 버려지는 라면을 지노가 빤히 바라보았다. 라면이 아까워서가 아니라, 버디의 식단을 지키지 못해 아쉬워하는 것임을 다온은 직감했다.

다온은 버디의 눈을 빤히 쳐다보았다. 새까만 버디의 눈은 카메라다. 이용자의 동의 없이 녹화하지는 않지만, 버디의 눈을 보고 있으면 꼭 발가벗겨진 기분이 들었다. 그때였다. 버디의 부리가 움직였다.

"선생님이 영상을 보냈어. 지금 확인할래?"

미리 영상을 봐야 수업을 들을 수 있다. 버디를 이용해야만 하는 불가피한 이유가 이거였다. 학교의 모든 공지와 수업 내용, 과제가 버디를 통해 전달이 된다. 다온은 버디의 물음에 주로 대답만 하는 편이었다. 다온이 책을 읽거나 과제를 할 때마다 버디는 말을 걸었다."

"궁금한 게 있으면 나에게 물어봐. 내가 가르쳐 줄게."

다온이 버디에게 말을 걸지 않는 건 순전히 버디 탓이다. 다온은 자신이 묻지도 않았는데 가르쳐 준다는 버디가 마음에 들지 않았다. 괜히 반발심이 들었다. 버디의 도움 없이 혼자서 해결하고야 말겠다는 오기로 밤새 과제를 푸느라 끙끙

대기도 했다.

만약 버디에게 문제가 있다면 버디를 내보낼 수 있지 않을까. 버디에 이상이 있다는 게 밝혀지면 지노의 단짝 자리도 다시 자신이 차지할 수 있을 거다. 다온은 버디를 새장에 넣어 놓고, 본격적으로 탐색을 하기 시작했다.

버디 식단 관리 오류

음. 안 나오네. 자주 있는 경우가 아닌가.

버디 오류

버디는 방수 기능을 갖췄지만, 소금물에 장시간 담글 시 오류가 생길 수 있습니다. 고의적으로 버디를 고장 낼 경우 6년 동안의 버디 이용료를 전부 부담해야 하오니 버디 사용법을 반드시 참고…… 이건 아니고.

웹 사이트 창을 열었다 닫았다를 반복하던 다온에게 하나의 제목이 눈길을 끌었다.

버디의 비밀

제목을 클릭하자 비밀번호를 입력하라는 메시지가 떴다. 어떤 내용이길래 비밀번호까지 걸어 둔 거지? 뭔가 중대한 내용이 들어 있을 것 같았다. 비밀번호가 궁금하다면 프로필 계정으로 메시지를 보내라고 했다. 한국의 도메인이 아니었다. 프로필 계정 역시 버디와 연결된 계정이 아니었다. 다온은 바로 비밀번호를 알려 달라는 메시지를 보냈다.

책상에 가만히 앉아 발가락만 꼼지락꼼지락하며 답이 오길 기다렸다. 5분도 지나지 않아 메시지가 도착했다. 다온이 기다리던 숫자는 아니었다.

각성된 인간에게는 ☐ 가지 의무 이외에는 아무런, 아무런, 아무런 의무도 없었다. 자기 자신을 찾고, 자신 속에서 확고해지는 것, 자신의 길을 앞으로 더듬어 나가는 것, 어디로 가든 마찬가지였다.

그는 멕시코 만류에서 조각배를 타고 홀로 고기잡이하는 노인이었다. ☐ 지나도록 고기 한 마리 낚지 못했다.

빈칸에 들어가는 내용이 비밀번호인 듯했다. 두 번째 제시문을 읽자마자 다온은 재빨리 책장으로 갔다. 얼마 전에 과제를 하기 위해 읽은 책의 문장이 확실했다. 이거다! 헤밍웨

이의 《노인과 바다》. 다온은 서둘러 책을 펼쳤다. 책 초입에 다온이 찾는 내용이 있었다. 여든하고도 나흘. 빈칸에 들어 갈 숫자는 84였다.

첫 번째 제시문 역시 눈에 익었다. 무슨 책이었지. 뭐더라. 읽었었는데 분명. 생각날 듯 말 듯 좀처럼 떠오르지 않았다. 다온은 발을 동동거리다가 뒤늦게 두 번째 제시문 아래 있는 문장을 발견했다.

버디는 답을 알고 있다.

어디에서 많이 듣던 말이다. 버디에게 물어보면 무슨 책인 지 바로 알 수 있을 것이다. 버디에게 물어보라는 문장을 보 니 오히려 버디에게 절대로 묻고 싶지 않았다. 내가 찾을 거 야, 내가. 다온은 책장 앞에서 책 제목들을 꼼꼼하게 살펴보 기 시작했다.

이건가? 하고 책을 꺼내 보기를 몇 번. 죄다 허탕이었다. 책장에 그 책이 있는지도 확신할 수 없는 상태에서 모든 책을 다시 읽어 보는 건 무리였다. 다온은 책상에 앉아 제시문을 다시 읽어 보았다. 여섯 번째 읽을 때였다. □가지 의무 이 외에는 아무런 의무가 없었다고 했으니 답은 1이 아닐까. 글의 흐름에는 1인 것 같은데.

혹시나 하고 184를 입력하자 바로 글이 떴다. 다온의 예상이 들어맞았다.

제 버디가 뭔가 이상해요. 잠깐 화장실에 갔다 왔는데 방에서 찰칵찰칵 사진 찍는 소리가 계속 들리는 거예요. 제가 방에 들어서니까 갑자기 사진 찍는 소리가 뚝 끊기더라고요. 뭘 찍었나 모니터를 확인해 보려는데 갑자기 모든 사진이 삭제되었다는 메시지가 떴어요. 분명히 저는 버디가 사진을 찍는 소리를 들었거든요. 근데 갤러리는 텅 비어 있었어요. 이상하지 않나요?

다온이 겪은 경험과는 달랐지만, 이 글의 버디도 확실히 수상했다. 다온은 다른 글을 클릭했다.

저와 같이 활동할 버디 와처를 찾습니다. 버디를 감시하실 분, 버디의 문제를 밝혀내실 분을 찾습니다. 만약 버디 와처가 된다면 가족과 친구, 그 누구에게도 버디 와처란 사실을 말해서는 안 됩니다. 신뢰가 깨지면 버디의 문제를 밝혀낼 수 없습니다.

버디의 감시자가 되시겠습니까?

'예'와 '아니오' 두 개의 버튼이 있었다. '예'를 클릭하면 버디 와처 카페로 초대되지만, '아니오'를 누르면 자동으로 아이피가 차단돼 다시는 이 블로그에 들어올 수 없다고 했다.

다온은 망설였다. 어느덧 새벽 2시가 가까워진 시간이었다. 잠시 고민하던 다온은 마른침을 꿀꺽 삼키고 손을 움직였다.

OO중학교 정다온. 버디 와처 가입 완료.

김은 다온의 신상 정보, 초등학교와 중학교 때의 상담 분석 데이터, 성적을 확인했다. 기록을 확인한 김이 고개를 갸웃했다.

"흐음. 의외네. 성적도 그럭저럭에 교우 관계도 그렇게 좋은 편은 아니고. 예민하고 의심이 많은 성격인 것 같은데 몇 차까지 통과할지는 두고 봐야겠군."

대다수의 사람들이 버디와 온리를 전적으로 믿고 따르는 세상에서 '의심'도 하나의 재능이긴 했다. 김은 다온의 기록을 한데 모아 정부 산하의 비공개 웹 사이트에 등록했다. 조만간 2차 테스트가 있을 예정이었다. 버디의 수상한 행적을 밝히기 위한 과정이 정부의 테스트였다는 건 모든 테스트가

다 끝나고 버디 와처로 선별된 사람만이 알게 된다. 탈락한 아이들은 테스트를 치렀다는 것조차 모르는 채로 변함없는 일상에서 살아갈 것이다.

열아홉 살의 마지막 날이 되면 아이들은 6년간 함께한 버디를 반납한다. 그러나 버디에 익숙해진 아이들은 성인이 되어도 버디를 원했다. 넘치는 수요에 정부 기관의 검증을 받지 않은 불법 버디들이 세상에 쏟아져 나왔다. 어느 나라에서, 누가, 어떻게 만들었는지 알 수 없는 버디들은 사람들의 둘도 없는 친구가 됐다. 사람들은 버디에게 모든 걸 털어놓고 버디와 모든 걸 함께했지만, 그 버디들이 모두 좋은 친구는 아니었다. 사람들은 그것을 알지 못했다. 그렇다고 버디를 경계하라고 공식적으로 말할 수는 없었다. 버디는 아이들의 친구가 되기 위해 탄생했다. 버디 와처가 수면 위로 드러나지 않는 이유가 바로 그것이었다.

김은 이틀 전에 8기 버디 와처가 잡은 불법 버디를 만지작거렸다. 불법 버디는 매년 더 정교해지고 교묘해졌다. 김은 공인 버디와 불법 버디를 나란히 세워서 살펴보았다. 발톱의 그러데이션과 날개의 무늬 개수도 같았다. 외형만으로는 두 개를 구분하기가 쉽지 않았다. 김은 두 버디와 눈을 맞추고 눈을 한 번 감았다 떴다. 그러자 버디가 외쳤다.

"고민이 있으면 나에게 물어봐."

"걱정이 있으면 나에게 물어봐."

"무엇이든 물어봐."

나란한 두 버디에게서 동일한 목소리가 흘러나왔다. 김의
입에서 작은 신음이 흘러나왔다.

작가의 말

열네 살 아이들에게 좋아하는 대상 다섯 가지를 적어 보라고 했습니다. 답을 쓰기 어려워하기에 구체적으로 예를 들어 줬습니다. 물건뿐 아니라 음식이나 장소, 날씨, 노래 등 자신을 행복하게 하는 그 어떤 것도 괜찮다고요. 정답이 없으니 자유롭게 적어 보라고 했습니다. 자신에 대한 질문인데도 아이들은 낯설어 하고 난감해 했습니다. 답이 정해져 있지 않은 질문이 더 어렵다는 아이들에게 저는 무슨 말을 해야 할까 고민이 됐습니다. 오답과 실수에 관대할 수 없는 아이들에게는 위로나 조언도 무거운 짐으로만 얹히고 있었습니다.

인공 지능 시대에서 우리는 몇 번의 격변을 겪으며 살아가게 될 것입니다. 어떻게 살아남을지는 장담할 수 없지만, 마땅히 해야 할 일은 많은 질문을 던지는 겁니다. 검색만 하면 쉽게 답을 알 수 있는 시대입니다. 하지만 의문을 품는 것이 정답을 찾는 것보다 더 중요하다고 말하고 싶습니다. 나만의 답을 찾는 여정이 길고 험난할수록 자신을 행복하게 하는 것이 무엇인지 분명히 알게 되리라 감히 장담합니다.

아이들이 살아갈 미래는 부디 지금보다 좀 더 나은 모습이었으면 좋겠습니다. 어떻게 하면 그런 미래를 만들 수 있을지 저도 끊임없이 질문을 던지겠습니다.

04

메타버스 학교에 간 스파이

조우리

소설가. 2012년부터 소설을 발표하고 있다. 지은 책으로는
경장편 소설 《라스트 러브》, 소설집 《내 여자친구와 여자 친
구들》,《팀플레이》등이 있다.

1. 메타버스 학교의 탄생

전염병의 기세가 도무지 꺾이지 않던 때였다. 대통령 선거
에 출마한 한 후보가 '메타버스 학교'를 공약으로 내놓았다.
부동산, 일자리와 함께 교육 관련 공약은 선거철마다 주요한
쟁점이었기 때문에 메타버스 학교는 온 국민이 주목하는 화
제가 되었다. 그 후보는 가상 세계야말로 최상의 교육 환경
이라고 주장했다.

"여러분, 한번 생각해 보십시오. 아이들의 등·하굣길에 얼
마나 많은 위험이 도사리고 있습니까? 교통사고, 혐오 시설,
무수한 범죄로부터 메타버스는 안전합니다. 전용 기기로 접

속만 하면 집이 곧 학교가 되니 불필요하게 낭비되는 시간도 없습니다. 당연히 전염병 걱정도 없습니다. 메타버스 학교에는 어떤 제약도 경계도 없습니다. 숲속의 학교, 바닷가의 학교, 우주의 학교도 가능합니다. 그곳에서 우리 아이들이 무한히 누릴 수 있는 교육적 효과를 떠올려 보십시오. 이 얼마나 멋집니까?"

다른 후보들은 속속 반대 입장을 발표했다.

"교육이 가상입니까? 교육은 현실입니다. 가뜩이나 전염병으로 비대면 수업이 계속되면서 교육의 질이 나빠지고 학업 성취도가 떨어져서 대학 진학률에도 심각한 우려가 있는 상황입니다. 그런데 메타버스 학교라뇨? 어불성설입니다!"

"안정적으로 접속할 수 있는 시스템은 어떻게 구축할지 구체적인 방안은 고려해 보셨습니까? 개인 정보 보안은요? 그리고 메타버스 학교 학생들에게 필요한 장비 지원은 무슨 예산으로 하겠다는 겁니까? 인터넷 통신망 사용료는 무상 지원입니까?"

"학교는 물리적인 공간으로서 하는 역할이 분명히 있습니다. 메타버스 학교라는 궤변은 기존 학교 건물과 부지를 다른 용도로 사용하기 위한 음모가 분명합니다. 공공시설을 사유화하기 위한 사전 작업이 될 메타버스 학교 공약을 강력히

규탄합니다!"

전국의 학생들을 상대로 한 설문 조사에서도 메타버스 학교에 대한 반응은 좋지 않았다. 특히 초등학교 1학년, 중학교 1학년, 고등학교 1학년 학생들이 적극적으로 목소리를 냈다.

"화상 수업도 답답한데 가상 수업이라고요?"

"전 그냥 학교 가서 친구들하고 놀고 싶어요."

"지금도 같은 반 애들 얼굴 잘 모르는데 아바타로 학교를 다니면 친구는 어떻게 사귀어요?"

"매점 간식이 맛있다고 해서 기대했는데……. 메타버스에도 매점 있나요? 급식은요?"

모두가 메타버스 학교에 부정적이기만 한 건 아니었다. 학생 수가 적어 폐교 위기에 놓인 작은 분교에서는 메타버스 학교를 환영했다. 집에서 먼 다른 지역으로 통학하는 것보다는 가상 세계에 접속하는 게 더 낫다며 반겼다. 장애인과 비장애인이 일반 학교와 특수 학교로 나뉘지 않고 함께 공부할 수 있어서 좋다는 의견도 있었다. 학생들이 아바타로 학교를 다니게 되면 학교 폭력이 사라질 거라는 기대도 있었다. 하지만 신체적 폭력만이 아니라 정신적인 폭력이 가상 세계에서 더 심각하게 벌어질 거라는 우려의 목소리가 뒤를 이었다.

처음 메타버스 학교를 이야기했던 후보는 선거를 석 달 앞

두고 열린 TV 토론회에서 반대 의견들을 반박했다. 먼저 시대의 변화에 발맞춰 교육의 방식도 바뀌는 것이 당연하다고 주장했다. 지금의 학교 시설을 유지하는 데에 들어가는 비용을 기기 보급과 무료 인터넷망에 투자한다면 예산 부담도 적다고 했다. 메타버스 학교가 교육이 아니라 부동산을 위한 공약이라는 말은 절대 인정할 수 없다며, 오히려 학군의 개념이 사라져 집값이 안정화되고 교육의 평등이 보장될 거라고 목소리를 높였다.

다른 후보자들은 저마다의 교육 공약을 내세우며 메타버스 학교보다 자신들의 공약이 나은 점을 이야기했다. 하지만 메타버스 학교만큼 화젯거리가 될 만한 내용은 없었다. 토론회에 참석한 시민 방청객들은 메타버스 학교에 대해서만 질문을 이어 갔다.

"학교에서 문제가 발생한다면 그 문제를 해결할 방법을 찾아야죠. 학교를 현실에서 없애면 문제도 같이 없어지나요?"

마이크를 잡은 사람은 학교에 다니지 않는 청소년이라고 자신을 소개했다. 그는 학교에는 장소 이상의 의미가 있다고 이야기했다. 학교는 아이들이 가장 안전하게 보호 받는 최소한의 울타리이며, 또래 아이들과 최초의 경험을 공유하는 사회라고. 그리고 덧붙였다.

"제가 학교를 떠난 이유가 되었던 문제들이 메타버스 학교에서는 발생하지 않을 거란 생각이 들지 않네요."

현장뿐만 아니라 토론회 중계방송을 시청하고 있던 많은 사람이 고개를 끄덕였다. 그 사람들의 기억 속에는 학교에서 즐거웠던 순간만큼이나 괴로웠던 순간들이 남아 있었고, 또한 그 괴로움은 학교 밖에서도 조금씩 달라진 모습으로 반복되었다. 모두 사람과 사람이 모인 곳이었기에 생겨난 일들이었다. 가상 세계라고 해도 완벽히 다르리라 생각할 수가 없었다.

후보자는 급히 마이크를 잡았다.

"지금 당장, 곧바로 메타버스 학교를 도입하자는 게 아닙니다. 당연히 시간과 노력을 들여서 부족한 점들을 보완해야죠. 우선 특별히 우수한 학생들을 선발해서 최고의 교육 환경을 제공하는 시범 학교를 만드는 겁니다. 그러면 메타버스 학교가 얼마나 교육적인 효과가 있는지 검증할 수 있겠죠. 최상의 인재들이 배출될 거라고 자신합니다."

그러자 다른 후보자가 재빨리 그를 비난했다.

"우수한 학생들을 선발한다고요? 교육의 차별, 불평등을 이렇게 대놓고 말씀하시다뇨? 정말 실망스럽습니다!"

또다시 다들 메타버스 학교를 공격하는 데에 열을 올렸다.

방청객들은 제자리걸음만 하는 토론에 지쳐서 하품을 하거나 아예 눈을 감고 있기도 했다. 토론회가 끝나고 쏟아진 뉴스와 기사에서는 메타버스 학교가 공약을 내놓은 후보뿐만 아니라 모든 후보의 교육 정책은 물론 경제, 복지, 사회 윤리에 대한 관점을 드러내는 핵심적인 사안이라고 분석했다. 메타버스 학교를 만들 수 있는 기술을 가졌다고 알려진 회사들의 주식이 크게 올랐다가 크게 떨어졌다.

대통령 선거가 다가올수록 후보자들은 메타버스 학교가 어떤 후보에게도 유리한 사안이 아니라는 걸 깨달았다. 공약으로 내세운 후보조차도 이렇게까지 주목을 받을 것이라고는 예측하지 못했다. 미래적인 교육관을 가지고 있다는 이미지를 보여 주고 싶었을 뿐인데. 게다가 그는 메타버스가 정확히 어떤 개념인지도 알지 못했다. 피곤한 논란만 계속되고 아무런 이득이 없다고 판단한 그는 결국 메타버스 학교 공약을 철회했다. 그러자 다른 후보들도 기다렸다는 듯이 메타버스 학교에 대해서는 더 이상 아무런 말도 하지 않았다. 마치 처음부터 없었던 것처럼.

메타버스 학교를 열심히 주장하다가 슬쩍 포기한 후보는 대통령 선거에서 당선되지 않았다. 선거를 일주일 앞둔 시점까지는 지지율 2위를 기록했지만, 과거의 음주 운전 사실이 알려지며 여론이 나빠졌고 형편없는 득표율로 낙선했다.

그리고 새로운 대통령이 취임한 지 1년이 지난 어느 날, 학구열이 유독 높다고 알려진 한 도시에서 메타버스 학교 시범 운영이 스리슬쩍 시작되었다.

2. N-ING-S-S-P-001의 비밀

혜윤이 메타버스 학교에서 비밀 프로젝트가 진행되고 있다는 걸 알게 된 건 조카 가영 때문이었다.

혜윤은 메타버스 학교 운영을 맡은 프로그램 개발사 대표의 비서였다. 최첨단 디지털 기술을 다루는 회사였지만 정작 대표는 지극히 아날로그적인 사람이었다. 회사의 모든 결재 서류는 전자 문서 보고 시스템으로 처리되었는데, 최종 결재권자인 대표에게 와서는 전부 종이로 출력해야만 했다. 그 종이 문서를 관리하는 것이 혜윤의 일이었다.

채용 공고에는 '주요 기밀문서 취급 및 관리'라고 적혀 있었는데 거창한 표현과는 달리 실제로 하는 일은 무척 단순했다. 대표에게 결재를 받아야 할 서류가 시스템에 등록되면 혜윤에게 알림이 왔고, 혜윤은 서류를 종이로 출력해 대표에

게 가져다주었다. 대표가 서류를 살펴보고 결재하거나 반려
하면 그 내용을 시스템에 입력했다. 그리고 종이 문서를 파
쇄기에 넣으면 끝. 그것이 혜윤이 맡은 업무의 전부였다. 문
헌정보학 전공자를 우대한다고 해서 지원했는데 전공 지식
을 살릴 일은 전혀 없었다.

혜윤은 자신이 하는 일이 정말 비효율의 극치라고 생각했
지만, 꽤 많은 월급을 받고 있었기 때문에 만족하기로 했다.
혜윤의 친구들은 오랫동안 사서를 꿈꾸던 혜윤이 취직을 했
다고 하자 무슨 일을 하는지 궁금해했다. 하지만 입사할 때
매우 철저한 보안 유지 각서를 쓴 혜윤은 친구들은 물론 가족
들에게조차 자신이 어떤 회사에 다니고 무슨 일을 하는지 말
할 수 없었다. 각서를 쓰지 않았더라도 굳이 이야기하고 싶
은 마음도 없었지만.

그날도 혜윤은 대표가 결재한 서류 정보를 시스템에 등록
하고 있었다. 서류는 종이로 출력할 때 대표만이 알아볼 수
있게 암호화되었기 때문에 혜윤은 서류를 보면서도 그 내용
에 대해서는 잘 알지 못했다. 대표는 손바닥 크기의 전용 암
호 해독기를 항상 주머니에 넣고 다녔다. 그것도 참으로 비
효율적이라고 혜윤은 생각했다. 대표 한 사람을 위해 전자
문서 보고 시스템의 서류를 암호화해서 출력하는 프로그램

이 필요하고, 수동으로 결재 여부를 입력하는 비서가 필요하고, 비서가 회사의 기밀을 알지 못하도록 또 보안 프로그램이 필요하다니. 게다가 만약을 대비해 주기적으로 암호가 바뀌기 때문에 암호 해독기도 그에 맞추어 업데이트 되고 있었다. 정말 낭비되는 게 너무 많았다. 하지만 그 낭비의 한 부분이 자신이기에 혜윤은 불만을 가질 시간에 얌전히 할 일을 마치고 시간 맞춰 퇴근이나 하기로 했다.

그런데 평소처럼 영혼 없이 기계적으로 키보드와 마우스를 만지던 혜윤의 눈에 이상하게도 한 단어가 턱, 걸렸다.

이가영.

다시 봐도 혜윤의 조카 이름과 같았다. 그리고 그 뒤로도 사람의 이름으로 보이는 단어들이 줄줄이 이어졌다. 이게 뭐지? 애들 이름 같은데……. 문득 혜윤의 머릿속에 얼마 전 언니 혜선과 했던 대화가 떠올랐다. 언니는 도시에서 가장 뛰어난 아이들을 선발해서 특별 교육을 지원해 주는 프로그램에 가영이 뽑혔다고 자랑을 했었다. 그때는 가영이 뽑히다니 뛰어난 아이의 기준이 도대체 뭐냐고, 잘 뛰어다니는 아이들인 거냐고 농담을 했을 뿐 자세한 내용은 물어보지 않았다. 그런데 그게 메타버스 학교였던 건가.

자신의 조카에 대한 내용일지도 모른다고 생각하자 혜윤

은 서류에 적힌 내용이 몹시 궁금해졌다. 메타버스 학교에서 일어난 일들을 일일이 대표에게 보고할 필요가 있나? 혹시 위험한 건 아닐까? 하지만 이름들 말고는 알아볼 수 있는 것이 없었다. 암호 프로그램의 성능이 아주 뛰어난 모양이었다. 혜윤이 읽을 수 있는 건 그저 서류 위쪽에 적힌 분류 코드뿐이었다. N-ING-S-S-P-001. 지금(NOW) 진행 중(ING)인, 슈퍼(S) 시크릿(S) 프로젝트(P). 대표는 정말 너무도 아날로그적인 사람이었다.

회사에서 정보를 얻는 데에 실패한 혜윤은 방향을 바꿨다. 메타버스 학교에 무언가 수상한 낌새가 있다면 학생들이 모를 리가 없다고 생각했다. 퇴근길에 가영에게 메시지를 보냈다. 좋아하는 치킨을 사 주겠다고, 이모와 같이 저녁을 먹자고.

— 이모가 왜?

— 그냥, 치킨 먹고 싶어서.

— 왜 나랑?

— 너도 치킨 좋아하잖아.

— 이모, 솔직히 말해. 목적이 뭔데?

그래, 이 정도 눈치를 가진 가영이라면 뭔가 알아챘을 게 분명하다. 오히려 혜윤이야말로 괜한 의심을 사지 않도록 주의해야 할 것이었다.

－뭐야, 이모 섭섭해. 조카랑 치킨 먹는 게 뭐가 문젠데!

－알았어, 같이 먹어 줄게!

어느새 이렇게 컸을까. 혜윤은 메시지 창에 작게 뜬 가영의 프로필 사진을 눌러 보았다. 이모와 헤어지기 싫어서 현관에 놓인 신발을 숨기던 어린아이는 성큼 중학생이 되어 있었다. 그래도 언니를 닮은 입매와 어릴 때와 똑같은 초롱초롱한 눈빛이 절로 혜윤을 미소 짓게 했다.

가영이 좋아하는 간장 양념 치킨을 먹으면서 혜윤은 자연스럽게 말을 꺼낼 타이밍을 살폈다. 퍽퍽한 가슴살 부분을 좋아하는 가영이 목이 메어 콜라를 찾을 때가 적절한 것 같았다.

"너 무슨 특별 교육인가 받는다고 했었지?"

"빨리도 물어보네. 벌써 한 학기 다 끝나 가."

"그거 뭐 하는 건데?"

"이모는 문과라서 말해 줘도 알라나 모르겠네. 메타버스라는 게 있는데 말이야."

"메타버스?"

가영은 예전부터 자신이 아는 것을 이모에게 설명하길 좋아했다. 숫자를 셀 수 있게 되었을 때, 한글을 익혔을 때, 구구단을 배웠을 때도 아주 자랑스러운 표정으로 새로운 이론을 발표하는 과학자처럼 일장 연설을 했었다.

"미국 SF 작가가 쓴 소설에 처음 나온 건데, 현실이랑 똑같이 모든 걸 할 수 있는 가상 세계를 뜻하는 말이야. 나를 대신하는 아바타가 그곳에서 살아가고 있는 거지. 나는 그 아바타가 겪는 걸 체험할 수 있는 거고. 이모, 알겠어?"

알다마다. 메타버스 학교에는 도서관이 없다는 것도 알고 있지. 그래서 메타버스 학교가 싫었다고. 혜윤이 입사할 때 받은 교육 자료에 메타버스의 개념과 메타버스 학교 운영 시스템에 대한 상세한 설명이 있었다. 회사의 전 직원은 언제든 오류 테스트에 투입될 수 있도록 준비를 해야만 했다. 혜윤은 나름 특수직이라 동원 대상에서 제외되었지만, 회사에서 주력하는 사업인 만큼 교육 자료의 내용을 전부 숙지하고 있었다. 아휴, 정말, 이놈의 책임감.

"그럼 아바타로 학교를 다니고 있다는 거야?"

"그렇게 단순한 건 아니지만, 이모가 그만큼만 이해했다면 그렇다고 할 수 있지."

가영은 새초롬하게 말하고 콜라를 벌컥벌컥 마셨다. 그러

곧 시원스럽게 "캬~." 하고 탄성을 뱉었다. 아이고, 누가 보면 고된 노동 뒤에 술 한잔으로 회포를 푸는 줄 알겠군.

"그 아바타 학교는 좀 어때? 다닐 만해? 그냥 학교보다 나아?"

"아니. 처음엔 좀 신기했는데, 학교가 학교지 뭐. 별로 다를 거 없더라고. 아침에 늦게 일어나도 되는 거랑 머리 안 감아도 되는 거 빼고?"

가영이 킥킥 웃고는 다시 치킨을 먹는 데에 열중했다. 혜윤은 다행이라고 생각하면서도 뭔가 찝찝한 기분을 떨칠 수가 없었다. 똑같다고? 다를 게 없다고? 그럼 왜 메타버스에 학교를 만든 거지?

"친구는 있어?"

"뭐, 몇 명. 근데 여기 애들이 좀 그래."

"그렇다니?"

"애들이 다 착하긴 한데, 가끔 꼰대 같을 때가 있어."

치킨을 다 먹은 뒤, 혜윤은 가영에게 새 옷을 사 주겠다고 했다. 그전에 가진 옷들을 한번 보자는 핑계로 가영의 방에 들어가서 메타버스 접속 기기를 살펴보기 위해서였다. 가영은 무슨 일인지 몰라도 너그러워진 이모의 마음이 변하기 전에 얼른 문을 열어 주었다.

막상 어서 들어오라고 손짓하는 가영 앞에서 혜윤은 주춤거렸다. 그러고 보니 가영의 방에 들어가 본 지 오래였다. 가영은 초등학교 고학년이 되면서부터 문에 '관계자 외 출입 금지'라고 적어 두더니 절대로 방문을 열어 두지 않았다. 방 안에 들어가면 일단 문부터 잠갔다. 막 말이 트였을 무렵에는 자신에게 일어난 일들을 모조리 말하지 못해서 안달이었던 조카가 이제는 자신만의 공간이 필요한 존재가 되었다는 게 혜윤은 매번 새삼스럽게 신기했다.

가영이 화장실에 간 사이 혜윤은 얼른 접속 기기를 집어 들었다. 하지만 지문과 안구를 통해 생체 인식으로 접속이 되는 터라 직접 접속해 볼 수는 없었다. 아무래도 다시 수사의 방향을 원점으로 돌려야 할 듯했다.

3. 메타버스 학교에 간 스파이

기회는 빠르게 찾아왔다. 대표가 해외 출장으로 자리를 비운 사이에 메타버스 학교의 시스템 업데이트가 진행된 것이다. 업데이트를 한 뒤에는 반드시 오류 테스트가 있었다. 혜윤은 테스트 담당자 앞을 얼쩡거리며 한가한 티를 팍팍 냈다.

늘 과도한 업무량 때문에 야근에 시달리는 불쌍한 테스트 담당자는 여유롭게 커피를 마시며 창밖 풍경을 즐기는 혜윤을 보자 새로운 오류 테스트라는 번거로운 일거리를 주고 싶은 마음이 솟아났다.

그렇게 혜윤은 메타버스 학교에 가게 됐다. 특급 임무를 수행하는 스파이가 된 것처럼, 비장한 마음을 품고서. 접속 기기에 사원증을 인식하고 접속한 혜윤은 경악했다. 혜윤의 아바타는 사람이 아니었다. 비둘기였다.

메타버스 학교는 가영의 말대로 현실 세계의 학교와 크게 다르지 않았다. 학교 건물도, 운동장도, 주변에 주택가가 있는 풍경까지 혜윤이 다녔던 중학교와 비슷했다. 그런데 뭐가 특별하다는 거지? 왜 굳이 메타버스 학교를 만든 거야? 혜윤의 의심은 점점 커졌다.

우선 가영을 찾아보기로 했다. 비둘기 혜윤에게 주어진 테스트 임무는 운동장 한쪽에 새롭게 업데이트 된 텃밭을 살펴보는 거였지만, 혜윤은 교실 창가로 날아갔다. 수업 중인 교실의 모습도 특별할 건 없어 보였다. 칠판 앞에 서서 수업을 하는 선생님도, 줄 맞춰 책상에 앉아 있는 학생들도, 모두 아바타라는 것만 빼면. 혜윤은 가영의 아바타가 어떻게 생겼는지 모른다는 것을 깨달았다. 창문에 바싹 붙어 교실 안을 들여다봤지만 누가 가영인지 알 수가 없었다. 한참을 그러고 있는데, 창가에 앉아 있던 학생이 갑자기 창문으로 손을 뻗었다. 그리고 살짝 틈을 만들더니 혜윤에게 말을 걸어오는 게 아닌가.

"저기요, 테스트 장소 어딘지 모르세요? 머리를 왼쪽으로 세 번 까딱이면 테스트 매뉴얼 뜨거든요. 거기 보시면 돼요."

혜윤은 가영이 했던 말이 떠올랐다. 애들이 착하긴 한데, 가끔 꼰대 같다던 말. 우리 가영이, 진짜 촉이 좋구나.

혜윤은 일단 테스트 비둘기로서의 임무를 해결하고 접속을 종료했다. 퇴근하고 집으로 가는 대신 언니 혜선이 다니는 회사 앞으로 갔다. 혜선은 언제나 직원들 중에 가장 마지막으로 퇴근했기 때문에 아직 회사에 있을 터였다. 출산과 육아로 휴직을 몇 년 했으니 남들보다 몇 배는 더 일해야 한다고 했다. 혜윤은 따로 연락하지 않고 혜선이 나오기를 기다렸다. 얼마의 시간이 흐른 뒤, 터벅터벅 지친 걸음으로 회사 밖으로 나온 혜선이 혜윤을 발견하고는 반갑게 손을 흔들었다.

"어쩐 일이야."

"이 근처를 지나갈 일이 있었는데 혹시 언니 만나려나 싶어서 와 봤지."

집으로 향하는 버스에서 혜윤은 이런저런 일상적인 이야기들을 했다. 날씨 이야기, TV에서 방영하는 드라마 이야기, 최근에 먹기 시작한 영양제, 친구가 알려 준 말장난 같은 것들을. 그리고 그 사이사이에 최대한 자연스럽게 가영의 특별 교육 프로그램에 대해 물었다. 혜선은 오랜만에 동생과 수다를 떠는 재미에 빠져 별다른 의심 없이 대답을 해 주었다. 지역의 초등학교에서 한 명씩, 교장 선생님의 추천을 받아서 선정되었다고.

"다 몇 명이라고 했더라? 잘 기억은 안 나는데 많지는 않았을걸? 소수 정예 그런 거라고 했으니까."

혜선의 말, 가영의 말, 그리고 회사 여기저기를 조심스럽게 돌아다니며 수집한 정보들로 혜윤이 내린 결론에 따르면 메타버스 학교의 비밀 프로젝트는 학생들에게 지식뿐만이 아니라 다른 것까지 교육하는 게 가능한지 알아보는 실험이었다. 아바타를 통해 학생으로 위장한 '요원'들이 진짜 아이들의 아바타와 어울려 학교를 다니면서 아이들에게 '원하는' 행동을 유도하는. 혜윤은 자신의 생각이 맞는지 확인하기 위해 다시 한번 메타버스 학교에 잠입하기로 했다. 회사의 사업에 관련된 것은 절대 어떤 것도 발설해서는 안 된다는 보안 유지 서약서에 서명을 하긴 했지만 정말 메타버스 학교에서 가영과 아이들을 상대로 한 실험이 진행되고 있다면 막아야 했다. 엄청난 액수의 위약금도 두렵지 않았다.

분명 회사 안에 요원들이 모인 장소가 있을 거였다. 보안이 중요한 프로젝트이니 외부에서 접속하게 할 리가 없었다. 혜윤은 며칠에 걸쳐 조금씩 회사 안을 수색해 나갔다. 마음이 점점 조급해졌다. 대표가 해외 출장에서 돌아오기 전에 해결해야 했다.

출근해서 오전 내내 곳곳을 돌아다니며 찾아봤지만 수상한 공간은 없었다. 평소엔 인식하지 못했던 복도 끝의 명패 없는 문을 연 적은 있다. 테이블과 소파, 간이침대, TV, 냉장고, 에어컨이 있었는데 건물 청소를 하시는 분의 휴게실이었다. 아날로그적인 대표는 잘 쉬어야 일도 잘한다는 철학을 갖고 있었다. 그만큼 먹는 것도 중요하게 생각해서 직원들의 점심 식비는 사원증에 내장된 칩을 통해 회사 주변의 식당에서 결제하면 회사에서 부담했다. 월급과 함께 혜윤이 입사를 결정한 중요한 이유이기도 했다. 혜윤은 일단 점심을 먹고 작전을 이어 가기로 했다.

회사 건물 뒤편의 국숫집은 혜윤이 가장 좋아하는 식당이다. 맑은 국물의 따뜻한 국수와 매콤한 양념의 비빔국수, 그리고 곁들여 먹을 수 있는 감자전이 메뉴의 전부지만 매일 먹어도 질리지 않을 만큼 맛있다. 맘처럼 일이 안 풀리고 있는 지금 같은 때에는 역시 고춧가루를 팍팍 추가한 비빔국수를 먹어 줘야 할 것 같았다.

예상 적중. 혜윤은 얼얼해진 입술로 씨익 웃었다. 이제 회사로 돌아가기 전에 아이스 아메리카노 한 잔 사면 완벽할 것이다. 그리고 다시 힘내서 수색을 시작하는 거지. 두고 보자, 어떤 음모가 숨겨져 있든지 다 파헤쳐 주마. 만족스러운 점심 식사로 의욕이 샘솟은 혜윤은 계산대로 다가갔다. 주머니에 넣어 두었던 사원증을 꺼내려는데 먼저 계산을 하고 있던 사람도 같은 사원증을 들고 있는 게 보였다. 맛집을 알아보다니, 훌륭하십니다. 혜윤은 알 수 없는 친밀감을 느꼈다. 하지만 그렇다고 정말 친밀한 관계가 될 생각은 없었는데, 공교롭게도 국숫집에서 나와 같은 카페로 향하게 됐다. 점심시간이 끝나 가고 있으니 이대로 계속 같은 길을 가게 될 터였다. 혜윤은 최대한 느릿느릿 걸었지만 결국 단둘이 같은 엘리베이터를 타게 되고 말았다.

먼저 엘리베이터에 타고 있던 사람과 최대한 눈을 마주치지 않으려 노력하면서 혜윤은 엘리베이터 안쪽으로 들어갔다. 그리고 초점을 흐린 채, 허공을 응시했다. 혜윤은 낯선 사람과 넉살 좋게 대화를 나누는 성격이 아니었다. 그러다 문득 지금이야말로 탐문 수사를 해야 하는 게 아닐까 싶은 생각이 들었다. 할 수 있을까. 뭐라도 더 알아낼 수 있을까. 혼자 조사하기엔 아무래도 한계가 있으니까……. 혜윤이 망설이는 사이에 '띵' 엘리베이터 도착음이 들렸다. 혜윤은 앞 사람의 등을 보고 따라 내렸다. 그리고 당황했다.

그곳은 7층이었다. 회사는 8층인데? 혜윤이 당황하든 말든 먼저 내린 사람은 신경도 쓰지 않고 사원증을 꺼내 문을 열고 들어갔다. 사원증은 분명 혜윤의 것과 같은 것이었는데, 입구에 붙은 회사 간판은 처음 보는 것이었다. 혜윤은 속으로 쾌재를 불렀다. 크, 역시 비빔국수야. 옳은 선택이었어.

등잔 밑이 어둡다고, 회사 바로 아래층에 비밀 프로젝트를 진행하는 요원들을 숨겨 두다니. 혜윤은 사원증을 입구 잠금 장치에 가져다 댔다. 회사 내부에 비밀을 파헤치려는 스파이가 있는 이런 상황은 미처 대비하지 못한 모양인지 문이 쉽게 열렸다.

좁은 복도 양옆으로 투명한 유리 벽이 펼쳐져 있었다. 그리고 벽 안쪽에는 수많은 사람이 있었다. 하지만 혜윤은 망설이지 않고 걸었다. 어차피 아무도 혜윤을 보지 못했다. 다들 메타버스 학교 접속 기기를 착용하고 있었으니까. 물론 메타버스 학교에는 선생님도, 안전 요원도, 매점 사장님도 필요하니 어른들이 아무도 접속하지 않으리라 생각한 건 아니었다. 하지만 이건 많아도 너무 많았다. 이렇게 많은 사람이 '소수 정예'로 뽑힌 아이들과 무얼 하고 있단 말인가. 아무리 생각해도 좋은 가정이 떠오르지 않았다. 혜윤은 그래도 마지막으로 확인을 해 보아야겠다고 생각했다. 그동안 회사에서 얻어먹은 점심값을 생각하면 의심을 확신으로 바꿀 결정적인 증거는 찾는 게 도리라는 생각이 들었다. 아휴, 정말 이놈의 책임감.

요원들이 사용하는 접속 기기로 메타버스 학교에 가면 모든 것이 밝혀질 것이다. 하지만 어떻게? 방법을 고민하던 혜윤의 머릿속에 번쩍, 인터넷에서 본 글이 떠올랐다.

그 글은 어떤 사람의 질문이었다. 회사에서 일을 하다가 배가 너무 아파서 잠깐 화장실에 갔는데, 화장실에 있던 비데의 수온이 너무 높아서 화상을 입게 되었다고 했다. "이럴 경우에도 산업 재해로 인정받을 수 있을까요?" 그의 질문엔 안타깝게도 회사에서 근무 중에 일어난 사고이긴 하지만 업무와 연관성이 높은 경우가 아니기 때문에 산업 재해로 인정받을 수 없다는 노무사의 진지한 답변이 달려 있었다.

혜윤은 화장실로 향했다. 그리고 변기 뒤쪽의 수도 밸브 중에서 냉수 밸브를 잠그고 온수 밸브를 최대로 열어 두었다. 엉덩이, 혹은 다른 부위에 화상을 입으면 얼마나 아플까 싶어 미안한 마음이 들었지만, 만약 아이들에게 실험을 하고 있던 것이 사실이라면 이 정도 아픔은 기꺼이 감수해야지 생각하며 마음을 다잡았다. 곧 보안 의식이 투철하지 않은 한 요원이 접속 종료를 하는 대신 기기를 살짝 책상 위에 올려 두고 화장실에 갔다가 짧은 비명을 내뱉었다. 그가 어딘가에 전화를 하며 엘리베이터를 타는 것을 확인한 혜윤은 재빨리 작전을 실행했다.

혜윤은 메타버스 학교 2학년 2반의 한 학생으로 접속했다. 요원은 화장실에 가면서 수업 중 몰래 졸고 있는 모습을 연출해 둔 것 같았다. 책상 위에 책을 세워 놓고 그 안쪽에 엎드려 있었다. 혜윤은 슬쩍 고개를 들었다. 정말 교실이었다. 칠판 앞에는 아바타 선생님이, 주변에는 아바타 학생들이 보였다. 설마가 사실이었다. 이 학교 학생 중에 진짜 학생은 몇 명뿐이고 나머지는 다 회사의 요원인 것이다. 그리고 그들은 아이들에게 지식이 아닌 다른 것을 가르치려 하고 있었다. 가영의 말에 따르면, 꼰대처럼.

경찰에 신고할까? 언론에 제보해야 할까? 혜윤은 머릿속이 복잡했다. 여기까지 오긴 했지만 보안 유지 서약서에 적힌 어마어마한 액수의 위약금, 그 숫자가 정말로 두렵지 않은 건 아니었다.

우선 가영을 찾아보자. 하지만 다른 요원들에게 들키지 않고 가영을 찾을 수 있을까. 한 명 한 명 붙잡고 물어볼 수도 없고. 혜윤은 가영이 몇 반인지 물어보지 않은 걸 후회했다. 몇 반인지라도 알았다면 조금 더 쉬웠을 텐데. 혜윤이 고민하는 사이에도 수업은 진행되고 있었다. 국어 시간이었다. 선생님이 한 학생을 지목해 질문을 했다. 학생은 막힘없이 대답했다. 그리고 다른 학생들을 향해 장난스럽게 한마디 덧붙였다. 혜윤에게 몹시 익숙한 바로 그 말을.

"얘들아, 알겠어?"

혜윤은 가영과 단둘이 있을 기회를 호시탐탐 엿보았다. 하지만 수업 시간은 물론이고 쉬는 시간에도, 점심시간에도 도무지 틈이 없었다. 가영의 주변에는 늘 똑같은 아바타 둘이 함께 있었다. 게다가 혜윤에게도 아바타들이 다가와 말을 걸어왔기 때문에 가영에게 다가갈 수가 없었다. 하교 시간이 가까워졌을 때, 혜윤은 현실 학교와 메타버스 학교의 너무도 다른 점을 깨달았다. 메타버스 학교에는 혼자 있는 학생이 없었다. 아바타 학생들은 꼭 여럿이 무리 지어 있었다.

또 하나 알아낸 사실은 메타버스 학교에 접속한 요원들끼리도 서로의 존재를 모른다는 것이었다. 아마 부주의한 실수로 요원이라는 사실이 드러나서 실험을 그르치게 될까 봐 마련한 안전장치인 것 같았다. 누가 요원이고 누가 학생인지 모르는 요원들은 열심히 중학교 학생인 척하며 학교를 다니고 있었다. '올바른' 중학교 학생의 모습이라 생각되는 연기를 하면서.

담임 선생님이 종례를 하기 위해 교실로 들어왔다. 이제 더는 시간이 없었다. 혜윤은 자리에서 벌떡 일어났다. 그리고 천천히 걸어서 교실 밖으로 나갔다. 모험이었다. 요원이라면 절대로 하지 않을 행동이지만 아무도 혜윤이 요원이라는 걸 모른다. 진짜 아이라면 갑자기 교실 밖으로 나가고 싶은 마음이 들 수도 있는 것 아닌가.

"헐, 대박."

"쟤 왜 저래?"

"똥 마렵나."

수군거리는 아바타는 셋이었다. 가영, 그리고 늘 함께 있던 아바타 둘. 혜윤의 머릿속에 또 하나의 가설이 떠올랐다. 혜윤은 그대로 복도를 달리기 시작했다. 일부러 시끄러운 발소리를 내면서. 틈틈이 벽을 두드리기도 하면서. 교실들의 안쪽에서는 혜윤이 예상한 모습이 보였다. 혜윤에게 반응하는 아이들이 한 반에 몇 명씩 있었던 것이다. 당연히 서로를 알아본, 소수 정예의 아이들이. 저희들끼리 뭉쳐서 수군대거나 깔깔거렸다. 그 모습은 혜윤을 안심시켰다. 혜윤은 그대로 학교 건물 밖으로 달려 나갔다. 그리고 접속을 종료했다.

4. 보고서를 결재하시겠습니까

분류 코드 N-ING-S-S-P의 마지막 서류인 00241이 대표의 결재를 받기 위해 종이로 출력된 것은 혜윤이 메타버스 학교에 접속했던 날로부터 얼마 지나지 않아서였다. 긴 해외 출장에서 돌아온 대표가 처음으로 결재해야 할 서류이기도 했다. 대표는 서류를 한참 들여다보다가 크게 한숨을 쉬었다. 그리고 마치 자기가 잘못 보기라도 했다는 것처럼 눈을 비비기도 하고, 암호 해독기의 전원을 껐다가 다시 켜기도 하고, 급기야 종이를 흔들어 보기도 했다. 실험이 실패했다는 최종 보고인 게 분명했다. 그럼 그렇지. 아이들은 어른들 맘대로 되지 않거든요. 혜윤은 여유로운 미소를 지으며 자리에서 일어났다. 점심으로 단골 국숫집의 따끈한 국수를 먹어야겠다고 생각하며.

메타버스 학교는 1회 졸업생을 배출하는 것과 동시에 문을 닫았다. 특별 프로그램에 선발되었던 소수 정예의 뛰어난 아이들은 다시 현실의 학교로 등교하게 되었다. 학교로 돌아온 아이들에게 메타버스 학교가 어땠느냐는 질문이 쏟아졌다. 아이들은 대부분 이렇게 대답했다.

"학교가 학교지 뭐."

작가의 말

예전엔 학교라는 공간이 제자리를 지키고 있는 건 당연하다고 생각했었다. 산과 강, 바다가 그 자리에 있듯이 의심할 여지 없는 일이라고. 하지만 현실의 학교는 사라지기도 하고, 전혀 다르게 변해 버리기도 한다. 나와 두 동생이 다녔던 초등학교는 여전히 같은 자리에 있지만, 지금은 예전의 모습이 남지 않았다. 운동장에는 철봉과 구름사다리, 정글짐 대신 실내 체육관이 생겼다. 건물 외벽도 몇 번의 공사로 완전히 다른 모습이 되었다. 도로의 소음을 차단하기 위해 높은 벽이 생겼는데, 햇빛을 가리지 않도록 투명한 재질이다. 그 안에는 아이들을 위한 조용하고 따뜻한 공간이 있을까. 아마 교실도 많이 달라졌을 텐데 이제 외부인이 되어 들어가 볼 수 없으니 짐작만 할 뿐이다.

세상 무엇도 변치 않는 것은 없으니 학교는 지금까지와 같이 앞으로도 계속 모습을 바꿀 것이다. 학교가 어떤 모습으로 달라지든 학생들을 위한 곳이면 좋겠다. 오로지 그 이유로 달라지는 것이라면 좋겠다. 그런 생각으로 이 소설을 썼다. 나름대로 공부를 했으나 메타버스에 대해서는 소설 속 아날로그 대표처럼 나도 잘 모르는 부분이 많다. 기술적인 이해가 부족한 부분이 있다면 독자들께서 너그럽게 이해해 주시길.

05

에이저

이꽃님

《서울신문》 신춘문예에 동화 〈메두사의 후예〉로 등단하여
작품 활동을 시작했다. 《세계를 건너 너에게 갈게》로 제8회
문학동네 청소년문학상 대상을 받았다. 지은 책으로는 청소
년 소설 《행운이 너에게 다가오는 중》, 《이름을 훔친 소년》,
《죽이고 싶은 아이》, 동화 《악당이 사는 집》, 《귀신 고민 해결
사》 등이 있다.

타닥타닥.

충만은 죽을힘을 다해 복도 끝으로 내달렸다. 절대 그럴
리 없는데도, 숨이 턱 끝까지 차오르고 입이 바싹 말라 오는
것처럼 느껴졌다. 충만은 숨이 차는 느낌이 뇌파에 의한 착
각일 뿐이라는 걸 알면서도 어쩐지 이번만큼은 '진짜'인 것
만 같았다. 그때 복도 끝 창문이 와장창 깨지더니, 나무 막대
같은 것들이 마구 쏟아져 내렸다. 충만이 죽도록 달린 이유
가 바로 저 끔찍한 나무 막대 때문이었다.

"야, 충!"

누군가의 목소리에 충만이 재빨리 고개를 돌려 주변을 살
폈다. 예술실 문 뒤에서 손 하나가 까딱이고 있었다.

"여기, 여기!"

제이였다. 제이 역시 다급하게 달리다 급히 몸을 숨긴 것 같았다. 고작 제이를 만났을 뿐인데 충만은 구세주라도 만난 기분이었다. 이번 에이저에서 제이와 팀이 됐다는 이야기를 들었을 때 충만은 날아갈 듯 기뻤다. 만날 때마다 티격태격 하긴 했지만, 가장 친한 친구를 꼽으라면 둘은 여지없이 서로를 꼽을 사이였으니까.

충만이 예술실로 들어오자 제이가 빠르게 문을 닫았다. 예술실은 18미터 크기의 거대 조각상을 중심으로, 오래전부터 인류의 유산이라 일컬어지는 모든 예술품들이 실물과 완벽하게 같은 모습으로 전시되어 있는 곳이었다. 충만은 오늘따라 예술실의 모든 작품들이 섬뜩하게 느껴졌다.

"충, 저것 봐."

제이가 충만의 어깨를 툭툭 치더니 창가 쪽을 가리켰다. 창밖으로, 번개가 치듯 두어 번 번쩍이더니 하늘에 선명한 글씨가 새겨졌다.

'전쟁.'

이번 에이저 키워드였다. 그걸 보는 순간 충만은 정신이 아찔해졌다. 전쟁이라니!

에이저에 통과한다는 건, 더는 지루한 가상 학교에 아침마다 로그인 하지 않아도 된다는 뜻이면서 동시에 '뭔가를 할 수 있는 사람'이 된다는 걸 의미했다.

"에이저에서도 제 능력을 발휘하지 못하는 사람에게 누가 '진짜' 일을 맡기겠습니까? 에이저야말로, 인간의 능력을 보여 줄 수 있는 최상의 학습법입니다."

사람들은 에이저의 중요성을 강조하면서 이렇게 말하곤 했다. 때문에 충만은 에이저를 앞두고 자신도 모르게 자꾸만 긴장됐다. 실패하면 어쩌지? 에이저에서 최하위 레벨을 받게 된다면? 아이들은 끊임없이 자신이 AI보다 더 나은 '인간'임을 증명해 보여야 했다. 에이저는 그 증명의 기준이 되는 일이었다.

게다가 에이저는 어떤 가상 현실에 충만을 데려다 놓을지 예상조차 할 수 없었다. 충만은 에이저가 끝나기를, 그것도 성공적으로 끝나기를 간절히 원할 뿐이었다. 때문에 에이저에 접속했을 때, 그저 매일같이 로그인 해 왔던 가상 학교가 배경이라는 사실에 충만은 만세를 불렀다. 학교를 배경으로 전쟁이 시작됐을 거라고는 상상도 하지 못한 채로.

"우리더러 전쟁을 체험하라고?"

"와, 욕 나오네. 이게 말이 되냐?"

제이가 허공에 주먹질을 하며 화를 냈고, 현실을 인정하고 싶지 않았던 충만은 한숨을 내쉬었다.

"공룡한테 밟혀서 로그아웃 된 형 얘기 들은 적 있냐?"

"알지. 어떤 누나는 에어저에 로그인 했더니 불난 학교가 시험 공간이었다더라."

충만의 말이 끝나기가 무섭게 제이의 입에서 "미친."이라는 말이 튀어나왔다. 제이는 충만과 달리 자신의 감정을 숨기지 않고 드러내는 아이였다.

"차라리 불난 게 낫지. 전쟁이 뭐냐 전쟁이. 어휴 진짜 답 없네."

불이 난 학교, 공룡이 있는 석기 시대로 모자라서 전쟁이라니. 벌써부터 낙방해 로그아웃 되는 소리가 들리는 것 같았다.

"망할! 우주도 아니고 전쟁? 차라리 석기 시대가 낫지."

에이저가 생기건 어찌 보면 당연한 일이었다. 수십 년 전 AI가 모든 일을 대신하기 시작하면서 인류의 역할이 무엇인가에 대해 수많은 질문이 오갔다. 예전의 학습은 더 이상 아이들에게 '배움'으로의 가치를 가지지 못했다. 아이들은 아무리 공부하고 또 공부해도 결코 AI의 능력을 따라잡을 수 없었다. 기술은 끝도 없이 발달했고 사람이 할 수 있는 일은 점점 더 제한되었다. 아무리 열심히 해도 인공 지능을 이

길 수 없다는 사실에 아이들은 좌절감을 느꼈고, 많은 것을
포기하기 시작했다. 결국 국제 교육부는 기존의 학습이 더
는 의미가 없다는 사실을 인정해야 했고, 획기적으로 학습
에 변화를 주었다. 그렇게 탄생한 것이 바로 에이저(artificial
intelligence agent)였다.

현실과 구분되지 않을 정도로 완벽히 구현된 가상 체험을
통해 아이들은 우정, 협력, 지혜는 물론 위기 대처 능력과 책
임감을 배우며 결코 AI가 따라올 수 없는, 오로지 '인간'만이
해낼 수 있는 것들을 익혔다. 국제 교육부는 가장 인간다운
학습법이라 했고, 사람들은 '과학의 승리'라고 박수 쳤다. 물
론, 시험을 치르는 아이들의 생각은 달랐지만.

"시험 한번 거지같이 내네."

제이가 마치 충만의 마음을 읽기라도 한 듯 투덜대며 말했
다. 충만 역시 당최 이런 상황에서 뭘 느끼고 경험하라는 건
지, 이딴 걸 시험이라고 낸 의도가 뭔지 짐작도 할 수 없었다.

"저 나무 막대기는 도대체 뭐야? 한번 봐 봐, 저게 뭔지. 포
인트 메시지가 있을 수도 있잖아."

충만의 물음에 제이가 고개를 복도 밖으로 내밀 때였다.
그 옆으로 휘익! 바람처럼 날쌘 뭔가가 날아들어 와 제이의
귀 바로 옆, 벽에 꽂혔다. 제이와 충만은 짧은 순간 얼어붙

었다.

"뭐, 뭐야 방금."

"소리 들었냐? 이거 왜 이렇게 진짜 같아? 나 방금 오줌 쌀
뻔했어."

제이의 말에 충만이 빠르게 눈을 내리깔며 제이가 실수한
건 아닐까 살폈다. 에이저 안에서 그러는 게 불가능하다는
걸 알면서도 말이다. 어쩐지 제이는 그러고도 남을 것만 같
았다.

"잠깐만, 나 이거 본 적 있는 것 같은데."

충만이 뭔가를 떠올릴 듯 말 듯 머리를 쥐어짜는 동안, 마치
경고라도 하듯 쿵! 소리와 함께 커다란 바위가 날아들었다.
바위는 예술실을 깨부술 듯 날아오더니 문짝을 단번에 날려
버렸다. 충만과 제이의 눈에 공포심이 감돌기 시작했다.

"야, 충! 빨리 생각할 순 없냐? 이러다가 프로그램 아웃 되
겠어."

"분명히 본 적 있는데, 뭐더라. 화, 뭐였는데……. 화……
화, 그래 화살!"

"화살? 그게 뭔데?"

"왜 있잖아. 16세기 때쯤에 쓰던 전쟁 무기."

다시 한번 바위가 날아들었다. 콰쾅! 바위가 순식간에 예

술실로 날아들자 조각상의 머리가 날아감과 동시에 우지끈 소리를 내며 몸 전체에 균열이 가기 시작했다. 둘은 누가 먼저라고 할 것도 없이 동시에 말을 내뱉었다.

"뛰어!"

*

미치고 환장할 노릇이었다. 충만과 제이는 끔찍했던 예술실에서 간신히 빠져나와 공중 정원에서 숨을 몰아쉬었다. 지금 자신들에게 벌어진 일들을 당최 이해할 수 없었던 데다가, 공중 정원은 지나치게 고요해서 방금 예술실에서 겪었던 화살과 바위 세례가 마치 꿈같이 느껴졌다.

공중 정원으로 이끈 건 제이였다. 이곳이 학교에서 가장 높은 장소인 데다가 높은 곳으로 화살을 쏘는 건 힘들 거라는 판단에서였다. 게다가 아래쪽 학교 건물에서 어떤 일이 터지는지 훤히 볼 수 있으니 나름 전략적인 장소였던 것이다.

"이제 어떻게 하지."

충만이 한숨을 내쉬듯 말을 내뱉었다. 이게 무슨 일인가 싶었다. 아무리 시험이라고 해도 화살이 날아들고 바위가 던져지는 상황 속에서 대체 뭘 느끼길 바라는 걸까. 당최 이런 상황을 '체험'하는 게 어떤 도움이 된다는 걸까. 깨달음이고 나발이고 간에 누구로부터 시작된 전쟁인지, 어째서 죄 없는 둘을 공격하는 건지, 도대체 누구와 싸워야 하는 건지라도 알 수 있으면 좋을 텐데.

"제이야. 우리 이러다 아웃 되면 어떻게 해?"

에이저에서는 프로그램을 마음대로 나갈 수 없었다. 다만 프로그램에서 위험을 인지했을 경우 자동 아웃 되기도 하는데, 프로그램 아웃은 에이저 속에서 체험을 제대로 해내지 못했다는 의미이기 때문에 자동으로 낙제였다. 그러니까 말하자면 최악이라는 뜻이었다.

"미쳤냐? 재수 없게 무슨 그런 말을 해. 아웃은 생각도 하지 마."

충만은 가끔 제이의 저런 자신감이 부러웠다. 절대로 불가능할 것 같은 상황에서도 제이는 실망하거나 겁먹는 법이 없었다.

"너, 포인트 메시지 받은 거 없어?"

포인트 메시지는 에이저 안에서 받을 수 있는 유일한 힌트로, 한 사람에게 하나의 메시지가 전달되는 것이 원칙이었다.

"아직. 넌?"

충만이 고개를 저으며 묻자 제이가 잠시 망설이더니 입을 열었다.

"받긴 받았는데, 내용이 개떡 같아."

"내용이 왜?"

"전쟁을 끝낼 수 없다면 끝까지 살아남을 것."

"뭐?"

"진짜 그렇게 적혀 있더라니까. 아, 짜증 나. 이것도 힌트라
고 준 거냐고. 그럼 여기서 버티지 죽냐? 이딴 힌트가 어디 있
느냐고."

제이가 잔뜩 토해 놓은 불만을 들으며 충만은 좌절했다.
충만의 머릿속은 자신을 비웃는 사람들의 얼굴로 가득 찼다.
얘기 들었어? 쟤 에이저에 떨어졌대. 몰라, 화살에 맞아서 아
웃 됐다던가, 바위에 맞았다던가. 진짜 쪽팔리겠다. 차라리
공룡한테 밟혀서 아웃 되는 게 낫지. 16세기 전쟁에 아웃이
뭐냐, 아웃이.

"틀려먹었어. 우리 둘이서 여길 어떻게 통과해?"

"충, 너 설마 쫄았냐? 야, 걱정 마. 나 모의시험에서 혼자 우
주선도 탔어."

제이의 말에 이번에는 충만이 코웃음을 쳤다. 우주선? 개
나 소나 다 탄다는 그거?

"혼자 우주선 안 타 본 사람도 있어?"

"아니. 내가 탄 우주선은 아예 출발을 못 했어. 우주를 가야 프로그램이 끝나는데 아예 출발도 못 했다니까? 알고 보니까 고장 난 우주선이더라고."

고장 난 우주선 에이저에 갇혔었다고? 역시 제이였다. 충만이었다면 절대 통과하지 못했을 텐데 도대체 제이는 어떤 방법으로 통과했던 걸까?

"그래서 아웃 됐어?"

"장난하냐. 당연히 성공했지."

"어떻게 했는데?"

"그냥. 이것저것 눌러 보다가 열 받아서 주먹으로 내리쳤는데 갑자기 정상 작동이 되더라고. 운이 좋았지."

그럼 그렇지. 제이 저놈을 믿은 내가 바보지.

"걱정하지 마. 16세기 전쟁 무기라며. 그럼 그 나무 막대만 어떻게 피하면 된다는 거잖아."

"예술실 동상 박살 낸 바위, 벌써 잊은 건 아니지?"

충만의 말에 제이가 머쓱한 표정을 짓더니, 이내 손을 흔들며 걱정하지 말라는 말을 반복했다.

"그래 봐야 16세기 전쟁이야. 여긴 우리가 매일같이 드나들던 학교 공간이고. 그 말은 즉, 어디에 뭐가 있는지 훤하게 안다는 뜻 아니냐. 어떻게든 견디기만 하면……. 으아악!"

피유우웅, 두두두두!

그때 요란한 소리가 들리더니 공중 정원의 분수대 위로 뭔가가 마구 쏟아져 내렸다. 나무 막대나 바위 따위와는 비교도 할 수 없는 소리였다. 걱정 말라며 호언장담하던 제이도 주저앉아 머리를 감싸 쥐고 있었다.

"으아, 뭐야 이거!"

제이가 납작 엎드린 덕분에 충만의 두 눈 가득 잔인한 장면이 들어왔다. 어디서 날아오는지 예측조차 할 수 없는 곳에서 총알이 마구 쏟아졌던 것이다.

"제……이야. 너 다시 달릴 수 있지?"

"왜, 또 무슨 일인데? 불안하게."

"하나, 둘, 셋 하면 달리는 거야. 뒤도 돌아보지 말고 죽을힘을 다해서 달려야 돼. 하나, 두울…….."

"으아아아!"

누가 떠밀기라도 한 듯 제이가 먼저 달리기 시작했고, 뒤늦게 충만이 그 뒤를 따라 내달렸다. 한참을 달려 충만과 제이가 내지르는 외침이 총소리보다 더 크게 들리기 시작할 무렵, 둘은 본능적으로 총알 세례가 퍼붓는 곳에서 멀어졌음을 알았다. 물론 제정신이 아닌 그 와중에도 서로를 비난하는 건 잊지 않았다.

"제이, 너! 치사하게 하나 둘 셋을 못 참고 먼저 뛰어?"

"치사하긴 뭘! 너도 뒤도 안 보고 뛰더만. 그리고 총알이라고 왜 말 안 해? 너 혼자 살고 보겠다 이거냐?"

"설명할 시간이 어디 있어, 총알이 막 쏟아지는데. 아이, 됐어. 접속하고 나서부터 계속 뛰었더니 이제는 너랑 싸울 힘도 없다."

"그래서. 여기 퍼질러 앉아 있게?"

퍼질러 앉아 있는 사람은 충만이 아니라 제이였지만, 충만은 그런 것까지 일일이 지적하고 싶지 않았다. 지금은 위급 상황이었고 충만은 여기서 꼭 살아남고 싶었으니까. 하지만 언제 전쟁이 다시 시작될지도 모르는 상황에서 뭘 어떻게 하면 좋을지 알 수 없었다.

"가자."

바닥에 아무렇게나 앉아 있던 제이가 엉덩이를 털고 일어서며 말했다.

"어딜?"

"화살도 없고 총알도 못 오는 곳으로 가야지."

"거기가 어딘데?"

제이가 충만을 데리고 간 곳은 커다란 나무가 끝도 없이 펼쳐진 러닝 숲이었다. 숲에서 청량한 향기가 뿜어져 나왔다.

"여기 진짜 오랜만이네."

제이가 추억에 빠진 표정으로 주변을 둘러보았다. 러닝 숲은 겉으로 보기엔 현실에 있는 울창한 나무숲과 똑같았다. 현실의 숲과 다른 점이 있다면, 매미나 잠자리 같은 곤충 대신 학습 상황에 따라 한글이나 알파벳, 숫자나 도형 같은 것들이 돌아다닌다는 거였다.

"어렸을 때 여기서 한글 채집 엄청 했는데."

막 배움을 시작한 아이들은 에이저에 접속해 러닝 숲을 뛰어다니며 '학습'을 즐겼다. 메뚜기처럼 숫자들이 풀숲을 뛰어다녔고, 9가 8을 잡아먹고 8이 7을 잡아먹는 모습을 보며 자연스럽게 더 큰 숫자에 대한 개념을 익혔다. 자신이 채집한 글자를 모아 동시를 짓기도 하고 도형과 숫자를 채집해 수학의 원리를 이해하기도 했다.

제이는 어린 시절 추억에 잠겨, 나뭇잎에 색을 감추고 붙어 있는 한글 '숨'을 보고는 빙그레 웃었다. 언제나 '숨' 자는 카멜레온처럼 꽁꽁 숨어 있어 채집이 힘들었던 기억이 떠올랐기 때문이다. 반면 충만은 전혀 즐겁지 않았다. 즐겁긴커녕 언제 공격이 다시 시작될까 걱정이었다.

"지금 어릴 때 추억이나 회상하고 앉아 있을 때가 아니야."

"걱정 마. 내가 지금 추억 팔이나 하자고 여기 온 것 같냐?

하여간 충만이 너는 가끔 보면 답답하다니까. 여기 오니까 뭐 떠오르는 거 없냐?"

충만이 못 미덥다는 듯 눈썹을 찌푸렸다. 제이는 그런 충만에게 잘 보라는 듯 두 손을 탁탁, 털더니 허리를 숙여 두리번거리기 시작했다.

"뭐 해?"

"뭐 하긴 글자 찾지. 너도 도와."

마치 작은 돌멩이를 찾는 사람처럼 쪼그리고 앉아 있던 제이가 곧, "찾았다!"를 외치며 주먹을 꼭 쥐고 흔들었다. 제이의 주먹 안에 '방' 자가 놓여 있었다.

"글자를 찾아 방공호를 만드는 거야."

제이의 말에 충만이 손바닥을 짝 소리 나게 치고는 환히 웃었다. 러닝 숲 안에서는 글자를 만들어 합치면 그것이 실체화 된다는 사실이 그제야 떠올랐기 때문이다.

"제이! 넌 가끔 보면 천재 같다니까."

방공호는 총알이나 화살의 공격으로부터 안전할 터였고, 제이가 받은 포인트 메시지 내용처럼 그 안에서 버티기만 하면 되는 거였다.

둘은 '공'과 '호'를 찾아 주변을 샅샅이 뒤지기 시작했다. 그러자 충만의 눈앞으로 보이지 않던 글자와 도형, 숫자 들이

신세계처럼 펼쳐졌다. 충만과 제이는 마치 어린 시절로 돌아
가기라도 한 것처럼 깡총 뛰면서, 풀숲 사이와 돌 틈을 뒤집
어 가며 채집에 몰입했다. 거미줄에 매달린 '호'를 발견했을
때, 제이와 충만은 서로 끌어안으며 소리 질렀다. 벌써부터
에이저 시험에 합격이라도 한 것 같았다.

"찾았다!"

멀리서 제이가 소리쳤다. 제이가 손을 오므려 '공' 자를 가
지고 달려왔다. 마치 자길 봐 달라고 관심이라도 끄는 듯,
'공'이라는 글자가 제이 주변을 데굴데굴 굴러다니고 있었다
고 했다.

방공호. 세 글자를 한곳에 모으자 퐁, 하는 소리와 함께 방
공호가 나타났다. 방공호는 작았지만 무엇보다 튼튼해 보였
다. 화살이나 총알 따위에는 끄떡도 없을 것 같았다.

"이 정도면 문제없겠지?"

"문제없는 정도가 아니라 완벽해! 완벽."

방공호에 몸을 숨긴 둘은 만족의 웃음을 지으며 서로를 바
라보았다. 이제 에이저에서 통과하는 일은 시간문제라고 생
각했다. 이제야 안심이 된 충만이 등을 벽에 기대었고, 제이
는 바닥에 벌러덩 누웠다.

"충, 예전부터 궁금했었는데 말이야. 너 이름이 왜 충만

이냐?"

"무슨 말이야?"

"아니, 네 이름은 다른 애들 이름이랑 좀 다르잖아."

제이의 말이 맞다. 에이원, 케이, 나인……. 어느 순간부터 사람들은 아이의 이름을 지을 때 AI의 이름과 비슷하게 짓기 시작했다. 인간이라는 이유로 차별당하는 일이 없도록 하기 위해서였다. 그런데 충만은 누가 봐도 AI와는 거리가 먼 '인간'의 이름이었다. 충만도 부모님에게 비슷한 질문을 한 적이 있었다. 그때마다 부모님은 똑같은 대답을 했다.

"사람이 사람다워야지."

충만의 부모님은 자주 "사람다워야 한다."라는 말을 하곤 했다. 당최, 사람답다는 게 어떤 건지 충만은 이해할 수 없었다. 이름이 충만이라고 해서 사람답다고 할 수 있고, 제이라고 해서 사람답지 않다고 할 수는 없는 거니까.

"야, 내 말 듣고 있냐?"

"어?"

"네 이름이 왜 충만이냐니까."

제이가 다시 한번 더 이름에 대해 물어 왔다. 충만은 어깨를 으쓱거리고 되물었다.

"몰라. 그러는 넌? 넌 왜 제이인데?"

제이는 벌러덩 누운 채로 가만히 한곳을 응시했다. 그러더니 별거 아니라는 듯, 이렇게 답했다.

"몰라. 태어나 보니까 내 이름이 제이더라."

세상에 그렇게 멍청한 대답이 어디 있느냐는 듯, 둘은 누가 먼저랄 것도 없이 웃음을 터트렸다.

그때였다. 쿵! 피유우우 쾅! 마치 둘의 웃음소리를 견딜 수 없다는 듯 굉음이 들려왔다.

쿠콰콰쾅!

문에 나 있는 작은 구멍을 통해 밖을 살피던 충만의 눈 속으로 끔찍한 장면이 들어왔다. 나무 수십 그루가 부러지고 땅이 솟아올랐다가 터지는 모습이었다.

"폭, 폭탄이야."

"폭탄? 돌겠네 진짜."

제이가 혼란스러운 얼굴로 구멍을 통해 문밖 하늘을 올려다보았다. 회색 먼지가 잔뜩 낀 하늘에는 여전히 '전쟁'이라는 글자가 선명히 쓰여 있었다.

"전쟁이라고 했지 16세기 전쟁이라고는 안 했다 이거지."

제이의 중얼거림에 충만이 무슨 의미냐는 듯 제이를 바라보았다.

"전쟁이 갈수록 진화하고 있어."

"진, 진화?"

"화살 다음은 총, 그다음은 폭탄. 그러고 나면…… 그다음은 뭐지?"

둘은 서로를 바라보았고 누가 먼저라고 할 것도 없이 동시에 말을 내뱉었다.

"핵전쟁!"

그리고 쿠쿠쿵.

아무것도 생각나지 않았다. 앞이 깜깜했고 아무것도 보이지 않았다. 아마도 '핵전쟁'이라는 단어가 나왔을 때 폭탄이 터지게 프로그램이 짜여 있었을 것이다. 그래서 그 짧은 순간 아무것도 생각하지 못하게 사방이 찢어지는 소리와 함께 몸이 날아가는 느낌을 고스란히 전해 받았던 거였겠지.

에이저 프로그램에 오류라도 난 것처럼 삐ー 하는 소리가 한참 동안 이어졌다. 그리고 다시 앞이 보이기 시작했을 때, 충만은 방공호가 큰 충격으로 뒤집어졌다는 것과 자신이 아직도 방공호 안에 있다는 것을 알 수 있었다. 방공호 입구에 흙더미가 절반 이상 쌓여 있다는 것도.

"제이! 제이 너 어디 있어?"

"여기야, 충만아!"

방공호 밖에서 들리는 제이의 목소리에 충만은 안도의 한숨을 내쉬었다.

"너 괜찮아?"

"아직 네 목소리 잘 들리는 거 보면 로그아웃 당한 것 같진 않아."

이런 상황에서 농담하는 것을 보니, 제이도 심각한 상황은 아닌 것 같았다.

"충, 네가 이쪽으로 좀 와 줘야 할 것 같아."

흙더미를 기어올라 방공호 밖으로 나간 충만이 깜짝 놀라 소리를 질렀다. 폭격으로 쓰러진 나무 아래 제이가 깔려 있었던 것이다.

"제이야!"

할 수 있는 일이라곤 손과 발을 이용해 나무 밑의 흙을 퍼내는 것이 전부였지만, 충만은 쉬지 않고 흙더미를 퍼냈다. 하지만 코끼리 다리보다 두꺼운 나무는 꿈쩍도 하지 않았다.

"충. 너 에이저 누가 내는 줄 알아?"

"뭐?"

나무 아래 몸이 깔린 이 긴급한 상황 속에서 제이가 뜬금없는 질문을 던졌다.

"이 더러운 문제 말이야. 누가 이딴 걸 내는 건지 생각해 본 적 있어?"

"지금 그게 중요해? 너 이러다가 아웃 되면 어쩌려고……."

"AI."

제이는 어딘지 비장해 보이는 얼굴이었다.

"에이저 문제를 내고 우릴 평가하는 게 AI라고."

그럴 리가. AI가 하지 못하는 가장 인간다운 학습을 배우는 것이 에이저의 목표라고 늘 말하지 않았던가. '인간다움'을 AI가 어떻게 평가한다는 거지?

"망할 AI! 날 나무에 깔아뭉갰단 말이지. 두고 보자, 아오! 충, 나 좀 꺼내 줘. 나 진짜 갑갑해 미치겠어."

몸을 움직이기 위해 애를 써 보았지만 단단한 나무 아래 깔린 제이의 몸이 빠져나오기란 불가능해 보였다.

"여기 잠시만 있어."

"어디 가게?"

"글자 좀 찾고 올게. 굴삭기라든지 하여간 이 나무를 치울 수 있는 뭔가를 좀 찾아봐야겠어."

"다시 올 거지?"

제이가 엄마를 잃을까 염려하는 아이 같은 얼굴로 바라보자 충만이 장난스러운 미소를 지었다. 언제나 제이가 자신에게 그랬던 것처럼.

"그럼, 내가 어디 가?"

움직이지 못하는 제이를 홀로 두고, 글자를 찾기 위해 숲을 헤매던 충만은 러닝 숲 저 너머를 바라보았다. 숲은 깊었고 울창했다. 마치 세상의 끝까지 가도 영원히 러닝 숲이 끝나지 않을 것 같은 느낌이었다. 러닝 숲에 수십 번도 더 로그인을 해 봤지만 저 너머에 무엇이 있을지 한 번도 생각해 보지 않았다. 충만의 입에서 작은 한숨이 새어 나와 숲 너머로 사라졌다.

글자를 찾아 바위틈을 살피던 충만은 작게 반짝이는 조그마한 돌을 발견했다. 포인트 메시지였다. 서둘러 돌을 주워 손바닥에 놓자 손바닥에 글자가 새겨지며 포인트 메시지가 선명히 드러났다.

이번 에이저는 개인전이며, 더 오래 살아남는 사람이 높은 점수를 받습니다.

충만이 글을 다 읽자, 먼지가 날아가듯 손바닥에 새겨졌던 글자들이 사르르 지워졌다. 포인트 메시지를 받은 충만은 잠시 멍해졌다.

개인전이라고?

글자를 찾던 충만의 손길이 점점 더뎌졌다. 글자를 찾아 제이를 위기에서 구하고자 했던 충만의 마음은 진심이었다. 하지만…… 힘들게 제이를 구한 다음에는, 그다음에는 어떻게 되는 거지?

'더 오래 살아남는 사람이 높은 점수를 받습니다.'

충만은 자신의 손에 흙먼지가 조금도 묻지 않았다는 걸 깨달았다. 아무리 흙을 만지고 먼지 구덩이를 굴러도 충만의 손은 항상 깨끗했다. 마치 이건 '현실'이 아니라고 말하기라도 하는 것 같았다.

충만에게 제이는 더없이 좋은 친구이다. 하지만 둘 중 한 사람이 더 높은 점수를 받는다면 충만은 당연히 자신이 되어야 한다고 생각했다. 제이는 뭐든 대충대충이었지만 충만은 아니었다. 이번 에이저에 임하는 자세부터 달랐다. 충만은 이번 에이저에 모든 걸 다 걸었다고 해도 과언이 아니었지만 제이는…….

따지고 보면 충만과 제이는 실제로 얼굴 한 번 본 적 없는 사이였다. 친한 친구라고 말하지만, 에이저가 끝나고 더는 학교에 로그인 할 일이 없어져도 계속 연락을 하는 사이로 남을까? 아니다. 친구라는 건 얼마나 가볍고 또 가벼운 존재인가. 이 세상에 충만이 친구로 여길 만한 사람이 제이 단 한 명만 있는 것도 아니지 않은가.

충만의 손이 파르르 떨렸고 심장은 미친 듯이 뛰었다. 다시 제이가 있는 곳으로 돌아간다면 에이저를 통과하기 어렵다는 생각이 머릿속을 가득 채웠다. 하지만 제이를 저 상태로 둔다면…….

멀리서 천둥소리가 요란하게 들려오더니 구름 사이로 전투기 몇 대가 빠르게 지나갔다. 충만은 마른침을 삼키며 멍하니 하늘을 바라보았다. 지금껏 그랬듯이 약간의 소강상태가 끝나면 업그레이드된 전쟁이 새롭게 펼쳐질 것이다.

또다시 폭탄이 터지기라도 한다면? 그럼 여기서 충만과 제이 둘 다 그대로 아웃 되는 걸까? 에이저에서 아무것도 하지 못하고 아웃 당하면 얼마나 많은 이의 비웃음을 살까. 여기서 아웃 되는 순간, 인생의 기회들을 몽땅 날려 버리는 것은 아닐까. 그래, 사람들의 말이 맞다. 에이저에서도 제 능력을 보여 주지 못하는 사람에게 누가 기회를 준단 말인가. 글자를 찾아 서두르던 발걸음이 더는 움직이지 않았다.

충만의 심장은 미친 듯이 뛰기 시작했다. 그래, 전부 다 괜찮을 거야. 어차피 이건 가상 현실일 뿐이고, 제이가 진짜 다치거나 죽는 것도 아니잖아? 에이저가 끝나면, 제이에게 안부를 물으면 그만이다. 게다가 충만이 말하지 않으면 아무도 충만이 점수를 위해 제이를 남겨 두고 도망쳤다는 사실을 알지 못할 터였다. 하지만…….

제이는 혼자서 절대 움직일 수 없다. 그대로 제이를 두기만 해도 충만이 더 오래 살아남을 수 있을 것이다. 그런 제이를 두고 군이 도망칠 필요가 있을까? 게다가 에이저 프로그램이 내내 강조했던 것이 바로 우정과 협력이 아니던가? AI는 하지 못할 일. 반드시 인간만이 할 수 있는 일…….

그래. 친구를 배신하고 도망가면 오히려 점수가 깎일지도 모른다. 차라리 아웃 되더라도 함께 있으면 가산점을 주지는 않을까? 하지만 제이가 훨씬 좋은 점수를 받게 되면 어쩌지? 공중 정원에 가는 것도, 러닝 숲에 가는 것도 모두 제이의 생각이었잖아.

충만은 제이를 구해야 할지, 아니면 제이를 내버려 두고 폭격 속에서 도망쳐 더 오래 살아남아야 할지 판단이 서지 않았다. 그러다 문득 제이가 했던 말이 떠올랐다.

"에이저 문제를 내고 우릴 평가하는 게 AI라고."

제이의 말대로 AI가 에이저를 평가하는 거라면……. 누구도 충만의 속마음을 알 수는 없을 터였다. AI는 오로지 말과 행동으로만 점수를 측정할 터였다. AI는 충만이 제이를 위해 글자를 찾으러 갔다고 생각하고 점수를 매길 것이었고, 그렇다면 지금 아무것도 하지 않고 버티기만 한다면……. 생각이 거기까지 미치자 충만은 자기 자신이 무서워지기 시작했다.

어둡기만 하던 하늘에 석양이 지듯 밝은 빛이 다가오더니 이내 하늘 전광판의 숫자가 깜빡이기 시작했다. 에이저의 시간이 얼마나 남지 않았음을 의미했다.

피우우우유.

여전히 아무것도 결정하지 못한 충만의 머리 위로 전투기 세 대가 날아왔다. 이내 충만은 눈을 질끈 감았다. 충만은 자신의 머리 위를 스쳐 지나간 전투기가 제이가 있는 곳으로 향한다는 걸 직감했고 곧이어, 쿠콰콰쾅.

세상이 망하는 소리가 들려왔다.

시험 종료.

H63. 김충만

위기 속에서 대처 능력이 부족하며, 자신감과 판단력이 떨어짐. A63의 힌트에도 불구하고 기회를 잡지 못하며, 파트너에게 의존하는 모습을 자주 보임. 리더 그룹에 부적합.

A63. 제이

AI로서 자기 역할에 충실하며 뛰어난 인간화를 보여 줌.

오랫동안 파트너 역할을 해 오며 훌륭하게 인간의 역할을 수행함.

표정, 말투, 행동, 생각까지 모두 인간화되었으나 파트너 충만과 우

정을 쌓아 위험 발언을 지속적으로 실행함. 에이저 역할 종료, 삭제

요망.

작가의 말

학교는 사라지고, 가상 공간에서 가상의 인물로 나를 표현하며 친구를 만나는 날이 오게 될지도 모른다는 생각이 들었다. 아마도 앞으로의 10년은 여태껏 우리가 경험해 왔던 지난 10년들과는 비교도 되지 않을 만큼 빠르고, 상상도 하지 못할 만큼 많은 것이 변할 것이다. 학교에 등교하는 대신 메타버스 속으로 로그인을 하게 될지도 모른다. 친구라고 여기고 우정을 나누었던 인물이 어쩌면 AI 가상 인물일지도 모른다. 하지만 분명한 건 그렇게 많은 것이 변해도, 이 글 속에서 '인간성'을 평가하듯 누군가는 여전히 청소년을 평가하려 들리라는 것이다. 그러나 그 평가의 기준이 언제나 옳은 것은 아니다. 사실 진짜 인간다운 건, 책임감이나 위기 대처 능력

같은 것들이 아니라 끝없이 고민하고 갈등하는 것일지도 모른다.

미래의 청소년들이 혹 이 글을 읽는다면 이런 이야기를 해주고 싶다.

누군가 당신을 이상한 잣대로 평가한다고 해도, 당신은 언제나 옳다. 끊임없이 고민하고 갈등하는 것이 지금 당신이 살아있는 증거라는 걸 잊지 말았으면 좋겠다.

그리고 멀리 이렇게 당신을 응원하고 있는 누군가가 있다는 걸 언제나 기억해 주길 바란다.

06

너에게
맞는 속도

허진희

한겨레아동문학작가학교에서 공부했다. 2015년 한우리문
학상 청소년 단편 부문에 〈군주의 시대〉가 당선되며 작품 활
동을 시작했다. 《독고솜에게 반하면》으로 제10회 문학동네
청소년문학상 대상을 수상했다. 이외에 함께 쓴 책으로 《세
개의 시간》, 《푸른 머리카락》, 《성장의 프리즘》 등이 있다.

"쟤가 걔야. 우로빈."

도일이 내 허리를 쿡 찌르며 수군거렸다. 명문 미르고등학교에 수석 입학한 수재를 보는 눈치고는 영 못마땅한 듯 깔보는 눈빛으로.

"어쩌다 운 좋게 일등 해 놓고 진짜로 왔네? 어떻게 버티려고."

도일은 도저히 믿을 수 없다는 듯이 고개를 저었다. 예비 순위에 있다가 간신히 합격한 도일에게 한물간 튜터 1.5로 톱을 차지한 우로빈은 눈엣가시 같은 존재나 다름없었다. 까놓고 말해서 걔가 미르고랑 어울린다고 생각해? 나쁘게 말하려는 게 아니라 사실이 그렇잖아. 어차피 들어와서 얼마 버티지도 못하고 중간에 뛰쳐나갈 거라면 처음부터 안 하는 게 낫지. 괜히 다른 사람 자리 빼앗지 말고.

합격 통보를 받기까지 내내 비슷한 말만 떠들어대던 도일은 아직도 생각이 바뀌지 않았는지 좀처럼 입을 다물지 않았다.

"시끄러, 음도일. 첫날부터 정신 사납게 떠들지 말고 너 할 일이나 잘해."

다행히 나는 도일을 다룰 줄 안다. 우린 같은 산부인과에서 태어났고 같은 유치원, 같은 초등학교와 중학교를 다녔다. 도일은 가끔 거칠게 굴고 말도 막 내뱉는 편이지만 다루기 어려운 녀석은 아니다. 내가 적잖이 까칠하게 굴어도 어느 정도 선만 지킨다면 웃으며 받아 주는 편이고.

"내가 뭘. 솔직히, 사실이 그렇다는 거지."

도일의 말버릇. 나는 도일이 무슨 의도로 그렇게 말하는지 안다. 솔직히 말해 봐. 너도 그렇게 생각하잖아. 하여간 다들, 생각하는 거 별반 다르지도 않으면서 위선 떨기는.

하지만 정말 솔직히 말하자면, 도일의 그런 말투는 날 짜증 나게 만들 뿐이다.

"누가 알아? 끝까지 잘 버텨서 수석으로 졸업할 수도 있는 거지."

"수석은 무슨. 이번 학기말 시험에서 바로 떨어진다에 한 표."

"떨어진다고? 일등은 못 할 수 있어도 설마 떨어지기야 하겠어."

그건 네 희망 사항이겠지. 내가 코웃음을 치자 도일이 발끈했다.

"백구슬, 그럼 우로빈이 일등 하는지 못 하는지 내기할래?"

"또?"

"왜, 자신 없어?"

도일이 태세를 바꾸어 능글맞게 웃으며 약을 올렸다. 내가 도일을 잘 아는 것만큼 도일 역시 나를 잘 안다. 도일이 도발하면, 나는 넘어간다. 그건 우리 둘 사이의 정해진 공식 같은 거였다.

"……뭘 걸 건데?"

도일이 씩 웃어 보였다. 새삼 이 녀석이랑 붙어 다니는 이유가 징그러워져서 그만 고개를 돌리고 말았다. 그러자 이번엔 저편에 단정히 앉아 입학식이 시작되길 기다리는 우로빈의 모습이 시야에 들어왔다. 차분한 낯빛 위로 언뜻언뜻 비치는 긴장감과 기대감. 그 얼굴을 보니 문득 사람을 놓고 내기를 한다는 게 께름칙해졌다.

그때 도일이 턱을 당기고 눈에 힘을 주며 말했다.

"튜터 3.0 한정판 코스튬."

"한정판?"

얼마 전 도일이 뽑기에 성공한 튜터 코스튬은 멋스럽기도 하거니와 튜터 능력치 향상에도 상당히 도움이 되는 아이템이다. 상당한 운이 있어야 얻을 수 있지만 순전히 운만으로는 얻을 수 없는 아이템. 그동안 도일이 코스튬 획득 확률을 높일 수 있는 이런저런 아이템들을 모아 두었던 건 분명 노력의 일환으로 볼 수도 있겠지만……. 사실 그 노력을 가능하게 하는 건 현실적인 투자다. 한마디로, 돈. 돈이 없었다면 그런 노력조차도 불가능했을 것이다. 시간을 아무리 들인다 해도 말이다. 아무튼 도일이 한정판 코스튬까지 걸고 내기를 제안했다는 건 그만큼 이 내기를 꼭 하고 싶다는 뜻이었다.

"난 뭘 걸면 되는데?"

"한 달 동안 날 음도일 '나으리'라고 부르고 여름 방학 수학 숙제 다 해 주기."

"흥, 그럴 일은 절대 없을 거야."

나는 도일을 살짝 흘기고 자신만만한 표정을 지어 보였다. 내기에 응할 때 지어 보여야 하는 마땅한 표정이자 도일의 승부욕을 자극할 수 있는 적당한 표정이었다.

"오케이, 그럼 하는 거다? 역시 백구슬."

도일이 엄지를 들어 올리더니 눈을 내리뜨고 웃었다.

*

미르고는 매 학기 시험을 봐서 탈락자를 만들어 낸다. 압박감이 없으려야 없을 수 없는 시스템이다. 하지만 그렇게 끝까지 살아남은 졸업생은 자동으로 미르대에 입학하게 된다. 그러니 그 정도 압박감은 이겨 내야 한다. 미르대에 가서도 치열한 경쟁이 있다 하지만 그건 지금 당장 신경 쓸 문제가 아니다. 아니, 거기까지 신경 쓸 여력이 없다.

사실 대부분의 학생들은, 그러니까 나나 도일 같은 경우는 만에 하나 중간에 탈락한다 해도 갈 만한 다른 좋은 학교가 많다. 일단 미르고에 입학했다는 사실 하나만으로도 우리를 반겨 줄 곳은 넘치기 때문이다. 문제는 그런 학교들의 학비가 엄청 비싸다는 데 있다. 미르고는 국가 차원에서 인재를 양성하기 위해 세운 학교이기 때문에 학비가 전액 무료이다. 모든 사람들에게 문이 열려 있기도 하고. 하지만 지금까지, 미르고에 우로빈 같은 애가 입학한 적은 단 한 번도 없었다. 튜터 업그레이드도 하지 못할 정도로 가난하다면 미르고에 입학하는 건 현실적으로 불가능하다. 인공 지능 튜터 1.5의 속도는 현재 최신 버전인 3.0에 비해 세 배 정도 뒤처진다. 그러니 우로빈이 미르고에 입학한 건 기적 같은 일이다.

"그럼 각자 튜터 켜고, 방금 전송한 문제 풀어 봐요. 가장 빨리 푼 사람 한 명에게만 가산점 줍니다."

수학 시간. 저마다의 취향으로 장식한 튜터들의 홀로그램이 떴다. 하얀 모자에 하얀 꼬리를 단 내 튜터의 머리 위엔 '백구슬 2043'이라는 이름이 떠 있다. 나는 슬쩍 왼쪽 앞자리에 앉은 우로빈의 튜터를 쳐다보았다. 맙소사. 아무리 그래도 아무것도 장착하지 않은 기본형 튜터는 너무한 거 아닌가? 초라한 애벌레 같은 외양의 튜터 머리 위로 이름이 보였다. 우로빈 2031. 무려 12년 전 버전이다.

"흐음."

책상 사이를 걷던 선생님이 우로빈 옆에서 걸음을 멈추고 신기한 듯이 로빈의 튜터를 살펴보았다. 로빈의 책상 위에서 열심히 몸을 꼼지락대는 앙증맞은 초록색 애벌레……. 역사 속에 묻혀 버린 고물 튜터가 눈앞에서 살아 있는 듯 움직이는데 어떻게 관심을 안 가질 수 있을까. 다른 아이들 역시 문제 풀이에 바쁜 와중에도 우로빈과 우로빈의 튜터에게 틈틈이 시선을 던지고 있었다. 하지만 우로빈은 코딩 창을 통해 튜터와의 대화에만 집중했다. 얼마 가지 않아 교실 중앙의 가상 칠판에 제출 완료 메시지와 함께 제출자의 이름이 떴다.

"우로빈."

선생님이 로빈을 쳐다보며 말을 이었다.

"정말 빠르구나. 어디, 네가 만든 알고리즘을 한번 살펴볼까?"

반신반의하는 말투. 하지만 칠판에 뜬 풀이 과정을 훑는 선생님의 표정이 점점 복잡해졌다. 선생님은 호기심과 난감함이 얽히고설킨 듯한 얼굴을 하고서 한참 동안 칠판을 들여다보았다.

"이건 정말이지……."

낮은 한숨을 내쉬며 선생님이 말을 이었다.

"얼핏 봐서는 이해할 수 없지만 볼수록 정말 오묘하고, 그러면서도 간결하구나. 정말 대단해."

선생님은 기분 좋게 허를 찔린 듯한 표정으로 중얼거렸다. 나를 포함한 모두의 시선이 우로빈에게 몰렸다.

"별거 아니에요."

우로빈이 얼굴을 붉히며 겸손하게 대답했다.

겸손해할 필요 뭐 있어. 그냥 지금 실컷 뿌듯해하지.

나는 로빈의 동그란 뒤통수를 물끄러미 바라보며 생각했다.

어차피 얼마 못 갈 텐데.

그 순간 로빈을 위해 기뻐하는 존재는 오직 로빈의 튜터 하나뿐이었다.

초록색 애벌레가 몸을 흔들어댔다.

마치 언제까지나 영광이 계속될 거라는 듯이.

*

"모의고사 일등, 우로빈."

성적을 확인하는 내 목소리가 조금 떨렸다.

"아직 모르는 거야. 벌써부터 좋아할 거 없어."

도일이 잔뜩 인상을 찌푸리고 말했다. 내 떨리는 목소리를 듣고는 내가 신나서 흥분했다고 착각한 거 같았다.

"넌 아직 같은 수업을 안 들어 봐서 모르나 본데, 인정할 건 인정해. 우로빈은 천재야."

애써 마음을 가라앉히고 짐짓 으스댔다.

"아무리 천재여도, 인간은 인공 지능을 못 이겨. 적어도 학교 시험에서는."

매사 냉소적인 나와 달리, 도일은 확신을 잘 하는 편이다.

"지금 몇몇 문제 풀이는 빨리할 수 있을지 몰라도 진도가 더 나가고 학습 데이터가 많아질수록 속도전이 되어 버리고 마니까. 장담하는데 우로빈은 얼마 못 가."

합리적 추론이었다. 나 역시, 우로빈이 확실하게 상위권에서 자리매김하는 방법은 튜터 업그레이드밖에 없을 거라고 생각하고 있었으니까. 하지만 무슨 예언이라도 하듯 자신만만하게 구는 도일의 모습을 보니 빈정이 상했다.

"범인은 천재를 못 알아보는 법이지."

"그깟 입학시험 한 번 잘 못 봤다고 무시하는 거야?"

도일을 자극하기는 쉽다. 부모님을 포함한 주변 사람 모두가 도일의 기를 살려 준답시고 늘 칭찬만 해 줬기 때문이다. 언제 선을 넘을지 몰라 아슬아슬한 감은 있지만 그래도 가끔 한 번씩 도일을 깎아내리는 재미는 좀처럼 포기할 수가 없다.

"생각해 보니 한정판 코스튬도 별로 효과가 없었던 거잖아. 성적이 그 모양으로 나온 거 보면. 이거 내기할 의욕이 확 떨어지네."

평소 같으면 도일이 몸을 움찔거릴 때 바로 한발 뒤로 물러났을 텐데 어째서인지 말이 한 번 더 나가 버렸다. 나는 대뜸 말을 던져 놓고 도일의 눈치를 살폈다. 그런데 도일은 의외로 더 발끈하지 않고 외려 풀이 죽은 얼굴로 변명하듯 말했다.

"그날 컨디션이 안 좋았을 뿐이야."

"그래? 그럼 이번 모의고사 성적은 왜 그래?"

"이번엔 내가 집중해서 공부했던 부분이 하나도 안 나왔다고. 너도 알잖아."

도일은 항상 내가 자신의 능력을 인정해 주길 바란다. 내 인정을 받아서 어디다 쓰려고.

하지만 점점 더 시무룩해지는 도일을 보니 좀 달래 줘야겠다는 생각이 들었다.

"알아. 그냥 운이 없었다는 거."

"그럼 왜 그렇게 재수 없게 말했어?"

"미안. 나 내기 걸린 일엔 예민한 거 알잖아. 나도 모르게 짓궂게 굴었어."

"못되게 군 거겠지."

덩치는 커다래서 부루퉁한 표정을 짓고 있는 도일을 보니 나도 모르게 헛웃음이 터졌다.

"그거 기억나? 우리 초등학교 때 내기했던 거."

"육상?"

"응. 너 날 이기려고 매일 새벽마다 연습하고 그랬잖아."

"그래서 이겼지."

"맞아. 네가 이겼지."

"난 항상 이기니까."

"그래, 넌 항상 이기지."

다시 기가 산 도일이 으쓱대기 시작했다. 나는 책을 펼치고 뭔가를 읽는 척 눈을 내리깔면서 도일의 몸짓을 시야에서 내쳤다. 한때 그런 도일의 모습이 귀엽다고 생각한 적도 있었다. 자신감 넘치고, 매사 확신에 가득 찬 모습. 사서 고민하지 않는 단순한 모습. 당연히 자신을 승자의 위치에 두는 모습.

하지만 도일은 아무것도 모른다.

안다고 생각하지만 모른다.

자신이 한 번도 나를 제대로 이긴 적이 없다는 사실을.

*

내가 도일과 항상 함께해 왔던 이유는 우리 집과 도일네 집이 지독하게 엮여 있기 때문이었다. 부모님은 내가 도일과 잘 지내길 바랐다. 싸우지 않고 사이좋게. 하지만 도일과 그런 환상적인 친구 관계를 유지하려면 내가 도일에게 전적으로 맞춰 주는 수밖에 없었다. 잘사는 집이라고 다 똑같이 잘사는 게 아니니까. 우리 집은 늘 우리를 앞서가는 도일네를 따라잡지 못했다. 언제나 뭔가가 조금 더 부족하고, 조금 더 느렸다.

어릴 적에 나는 언젠가 우리 집이 도일네보다 더 부유해지고, 더 명망 높아지면 도일이 내 비위를 맞추게 될지 항상 궁금해했다. 그런 순진한 기대를 접은 건 몇 살 더 먹은 뒤였다. 세상 모든 사람들이 똑같은 출발선에서 달리기를 시작하지 않는다는 사실을 깨달았을 때, 그리고 그 차이를 좁히기가 여간 어려운 게 아니라는 것을 알아차렸을 때 나는 내기에서 이길 생각을 아예 접어 버렸다. 영영 따라잡을 수 없을 텐데 그깟 내기에서 이기는 게 무슨 의미가 있을까? 내기에서 이긴들 찰나의 기쁨 외에 내게 돌아올 게 아무것도 없는데 말이다. 아, 우리 부모님과 도일네 부모님의 관계를 생각하면…… 그냥 이득이 없는 정도가 아니라 크고 작은 불이익을 감수해야 할지도 모른다. 일로든 돈으로든, 어느 쪽으로도 우리가 불리하게 얽혀 있으니까.

아무튼 정리하자면, 그래서 나는 이번에도 질 게임을 하고 있는 것이다.

도일이 내기를 걸면, 나는 응하고 진다.

아주 간단한 게임의 규칙.

그런데 그 간단한 내기에 살짝 변수가 생겼다.

로빈이 튜터 3.0을 얻게 될지도 모른다는, 생각지도 못한 변수가.

*

미르고는 항상 세계 최고 명문이라 자부하며 선도와 혁신을 부르짖지만 대부분의 명문 학교들이 다 그렇듯 미르고 역시 변화보다는 전통을 강조하는 보수적인 학교일 뿐이었다. 그러니 갑자기 우로빈에게 튜터 3.0을 장학금으로 지급하겠다고 결정을 내린 건 정말 뜻밖이었다. 전례가 없는 일이었으니까. 로빈의 가능성을 보고 투자하려는 것인지 학교의 이미지를 생각해 수준을 맞추려는 것인지 정확한 의도를 나로서는 파악할 길이 없었다. 하지만 의도 따위는 중요하지 않았다. 의도가 무엇이든 일은 똑같이 벌어졌을 것이다.

"학교는 아주 대단히 잘못 판단하고 있어."

도일은 더 이상 격한 감정을 내세우지 않았다. 도일의 표정과 목소리에서, 도일이 이 문제를 아주 진지하게 생각하고 있음을 알 수 있었다.

"언론이 로빈에게 주목하는 거 같으니까 우리도 신경 쓰고 있다는 취지로 준비한 이벤트인가 본데, 지금 학교 분위기를 전혀 읽지 못한 처사지."

"학교 분위기가 어떤데?"

"몰라서 물어? 지금 다들 난리 났잖아. 이건 뭐 무슨 기준이 있는 것도 아니고, 그냥 불쌍하다고 튜터를 업그레이드해 주는 게 말이 돼?"

"그건 불쌍해서가 아니라, 로빈이 워낙 잘하니까 장학금 차원으로……."

"우리가 언제부터 장학금이 있었다고."

그러니까 지금부터 만든다고 하잖아.

입 밖으로 튀어나올 뻔한 말을 꾹 삼키고 도일을 빤히 쳐다보았다. 내 눈을 피하는 도일의 속눈썹이 살짝 떨렸다. 도일은 눈을 내리깔고 웅얼거렸다.

"설마 내기 때문에 그래? 그래서 우로빈 편드는 거야?"

"내가 무슨 편을 들어?"

"우로빈이 튜터 3.0으로 이번 학기말 시험에서 일등을 한다 해도 코스튬은 네 거야. 애초에 꼭 튜터 1.5로 시험을 봐야만 한다는 조건 따위 달지 않았으니까. 그니까 마음에도 없으면서 자꾸 괜히 우로빈 편들 필요 없어."

아니, 그러면 안 되지. 내가 내기에서 이기면 안 되는 거잖아.

나는 결코 도일의 소중한 한정판 코스튬을 차지할 생각이 없었다.

"그렇게 이기는 건 나도 싫어. 우로빈이 튜터 3.0까지 가지게 되면 일등 할 게 뻔한데, 너무 쉽잖아."

재빨리 단호하게 말하고 나서, 따분한 표정을 지어 보이며 덧붙였다.

"그러니까, 이번 내기는 여기서 끝. 재미없어."

"구슬이 네가 그렇게 말한다면 뭐……."

도일이 잽싸게 내 말을 주워 담으며 마지못해 응한다는 듯 코를 찡긋했다.

그리고 오직 위만 보고 쭉쭉 자란 사람이 던질 법한 기세 좋은 말들을 쏟아냈다.

"아무튼 이건 불공평한 처사야. 우리도 튜터를 업그레이드 하려고 얼마나 노력했는데, 누군 그냥 거저먹는다는 게 말이 돼?"

도일은 정말로 억울해 보였다.

처음 보는 얼굴이었다.

*

얼마 지나지 않아 미르고는 한바탕 난리를 치러야 했다. 학교의 원칙 없는 잣대에 반발한 학생들이 수업을 전면 거부하고 나선 것이다. 사실 원칙 없는 걸로 따지면 나야말로 둘째가라면 서러울 정도였다. 이도 저도 아닌 상태로 수업을 듣기도 하고 빠지기도 하면서, 내 알 바 아니라는 식으로 굴었으니까. 사실 난 학교도 아이들도 도일도 로빈도 죄 은근히 비웃고 있었다. 그런 마음의 바닥에는 얄팍한 허무함 같은 감정이 깔려 있었다. 자신의 자리에서 조금이라도 더 위로 올라가려고, 절대로 아래로 내려가지 않으려고 발악하는 모습들을 싸늘한 마음으로 지켜보는 건 중독성 있는 일이었다.

"음. 우로빈, 백구슬. 오늘은 우리 셋이 수업을 해야겠구나."

선생님이 교실을 휘둘러보고는 낮게 한숨을 내쉬며 말했다. 다른 수업에 비해 형편없는 출석률이었다. 우로빈이 단연 돋보이는 수학 시간이어서 그런 듯했다.

"근데 이거 어쩌나. 너무들 빠져서 진도를 나가기도 뭣하고……."

선생님은 곤란한 표정으로 말끝을 흐리며 밭은기침만 내뱉었다. 나는 바로 눈치챘다. 선생님도 나 같은 타입이라는 것을. 우로빈의 재능에 감탄하여 지지해 주고 싶다가도 학생들의 반발과 학부모들의 원성을 사고 싶지는 않아 애매하게 군다는 것을. 그래도 뭔가 이해를 바라는 눈빛으로 우로빈을 쳐다보는 건 너무하다는 생각이 들었다. 내가 우로빈이라면 아무것도 이해하고 싶지 않을 것 같았다. 아마 지금의 나보다 훨씬, 백배 천배 냉소적으로 변해 버리리라. 하지만 우로빈은 여느 때와 다름없이 단정하게 앉아 있을 뿐이었다. 마치 이런 수업에서조차 여전히 무언가를 배우고 얻길 갈망한다는 듯 준비된 자세로.

그 모습을 보니 별안간 짜증이 났다.

누가 뭐래도 앞으로 나아가려는 각오가, 힘들 거 뻔히 알면서도 각오를 다지는 모습이, 미움받는 데 개의치 않으려는 태도가 꼴 보기 싫었다. 나더러 위선 떤다고 솔직 운운하며 가르치려 드는 도일의 말버릇만큼이나 탐탁스럽지 않았다.

나는 심드렁하게 손을 들고 물었다.

"선생님, 오늘은 그냥 자습하면 안 될까요? 지난번 수업 내용이 너무 어려워서, 이참에 복습도 하고."

"그래? 그럴까? 그럼 자습하다가 모르는 거 있으면 물어보도록."

선생님이 반색하며 응했다.

그때였다.

"제 의견은 안 물어보시나요?"

담담하고 청아한 목소리. 나는 마치 로빈의 목소리를 처음 듣는 것처럼 귀를 쫑긋 세웠다.

"저는 진도를 계속 나갔으면 좋겠어요."

"어? 아, 그게…….'

당황한 선생님이 나를 쳐다보았다. 또 또……. 자신도 그러고 싶은데 나 때문에 그럴 수 없다는 표정. 나를 쳐다보고 있지만 그건 분명 로빈에게 이해를 구하는 표정이었다. 선생님의 의중을 파악했는지 로빈 역시 천천히 나를 향해 몸을 돌렸다. 한 사람은 내가 의견을 계속 고집하길 바라고 있고 한 사람은 내가 의견을 바꾸길 바라고 있었다.

"오늘 수업 진도 나가는 거에 대해서 어떻게 생각해?"

로빈이 물었다.

"왜 꼭 그래야 해? 그냥 오늘 하루쯤은 자습해도 되잖아."

"왜 그러면 안 되는데?"

"오늘은 너무 많은 애들이 빠졌어. 우리가 오늘 진도를 나가 버리면 다른 애들이 피해를 입잖아."

사실 난 로빈에 맞설 생각도, 선생님 쪽에 설 생각도 없었다. 진도를 나가거나 말거나, 별로 중요하게 느껴지지도 않

았다. 그런데 왜 계속 뻗댔을까. 어쩌면 그냥 로빈과 대화를
해 보고 싶었던 게 아닐까. 그런 것도 대화라고 칠 수 있다면
말이다.

로빈은 잠시 아무 말도 하지 않았다. 난 그저 되는대로 말
을 내뱉었을 뿐인데, 로빈은 내 말이 생각할 거리나 되는 듯
굴었다.

이윽고 로빈이 다시 입을 열었다.

"그렇게 생각할 수도 있구나."

문득 내가 지금 뭐 하고 있는 거지 하는 생각이 들었다. 학
교 전체가 로빈을 향해 적의를 내뿜고 있는 거나 마찬가지인
상황에서 굳이 나까지 나서서 로빈을 몰아붙일 필요가 있을
까? 수학 한 시간 정도 로빈 뜻대로 하게 둔다고 해서 큰일이
나는 것도 아니고. 큰일은커녕, 외려 그게 정상인 건데.

"근데…… 난 그래도 수업을 듣고 싶어."

로빈의 차분한 목소리에서 남다른 고집스러움이 느껴졌
다. 그런데 로빈이 드러낸 그 고집이 또 나를 자극해 버렸다.

"그래. 넌 천재 소리 들을 만큼 똑똑하니까 자습 따위 필요
없겠지."

작은 소리로 구시렁거렸다.

나는 내가 진짜로 로빈에게 하고 싶은 말이 무엇인지 잘 알

지 못했다.

　로빈이 안쓰럽다가도 그렇게 혼자 뭔가 해 보겠다고 버티는 모습을 보면 이상하게 화가 났다.

　못 해. 넌 못 한다고. 어차피 안 될 일에 왜 힘 빼는 거야?

　"아…… 그럼 진도를 어떻게 해야 하나…….”

　선생님이 주저하며 가상 칠판을 작게 띄웠다. 하지만 로빈도 나도 칠판 따위는 안중에도 없었다. 우리는 서로 똑바로 마주 본 채 상대의 생각을 가늠하고 있었다.

　먼저 입을 연 쪽은 로빈이었다.

　"똑똑하다거나 그래서가 아니야. 머리가 좋고 나쁜 거랑은 상관없어.”

　"그럼?”

　"난…… 지금 이 순간이 소중할 뿐이야.”

　나는 아무 반응도 하지 못한 채 로빈을 멀거니 바라보았다. 그냥 이 순간이 소중해서라니. 예상하지 못했던 말이었다.

　"다들 날 싫어하는 거 알아. 내가 학교 분위기를 망치고 있다는 것도 알아. 학교에서 장학금 발표를 철회하기 전에 내가 먼저 나서서 받지 않겠다고 말하면 다들 다시 수업에 들어올 거라는 것도 알아.”

　미움받는 이방인. 로빈은 자신의 위치를 정확히 파악하고 있었다. 워낙 담담하게 말해서 자기 연민 같은 건 조금도 느껴지지 않았지만, 로빈이 슬퍼한다는 건 알 수 있었다. 그 얼굴을 본다면 누구라도 알 수 있으리라.

로빈은 숨을 한번 들이마신 후 정돈된 목소리로 다시 입을 열었다.

"나도 다 알고 있어. 난 이곳에 어울리지 않지. 하지만 그래도 난 이곳에서 수업을 듣는 게 좋아."

그래. 나도 미르고에 다니는 게 좋아. 미르고는 누구나 오고 싶어 하는 학교잖아.

여기까지는, 우리 둘 다 똑같다. 우리 둘 다 똑같은 마음으로, 똑같은 시험을 치르고 입학했고, 똑같이 수업을 받고 있으니까.

그럼 언제부터 우리의 다름이 시작된 걸까.

정말 이게 다 장학금 때문일까.

다들 로빈의 존재를 마음으로 받아들이지 못했던 건 맞지만, 그래도 그전에는 이렇게까지 적극적으로 로빈을 내치려든 적이 없었다. 하지만 어쩌면 그건 다 내 착각이고 자기기만이었는지도 모른다. 애초에 눈빛들이 있었다. 로빈의 얼굴에서 뭔가를 찾아내려고 번득이는 눈빛들. 아무거나 공으로 넙죽 받고 입 싹 닦으려는 뻔뻔함 같은 것을 찾아내려고 혈안이 된 눈빛들 말이다. 문득 그럼 난 지금 어떤 눈빛으로 로빈을 바라보고 있는지 궁금해졌다.

그때 로빈이 마치 내 생각을 읽은 듯 대꾸했다.

"그리고…… 장학금을 준다고 하면 거절하고 싶지도 않아. 내가 먼저 구걸해서 받고 싶은 생각은 없지만."

로빈은 아주 솔직하게 자기 생각을 말하고 있었다. 그런데 이상하게도, 로빈의 솔직함은 도일의 솔직함처럼 날 짜증 나게 만들지 않았다. 짜증은커녕…… 마치 온몸을 차가운 계곡물에 푹 담갔다 뺀 것처럼 시원해졌다. 복잡했던 머릿속도 일순간 쩡하더니 사뭇 개운하고 가뿐해졌다.

그래. 다들 핑곗거리가 필요했을 뿐이야. 이 안에서 핑계를 대지 않는 사람은 우로빈밖에 없어.

나는 가만히 로빈을 바라보았다. 부디 내 눈빛이 다른 아이들의 눈빛과는 다르게 가닿기를 바랐다. 그런 바람을 입 밖으로 꺼낼 용기는 나지 않아서 그저 로빈을 바라보기만 했다.

로빈은 조금 어려운 문제를 푸는 것처럼 내 얼굴을 들여다보았다.

그리고 잠시 뒤 한결 가벼워진 목소리로 덧붙였다.

"알다시피 내 튜터는 아주 조금 살짝 느려서 말이야."

느닷없이 부드러워진 로빈의 표정 때문이었을까. 비로소 마음이 놓였다. 얼마 전까지만 해도 로빈과 내가 퍽 다르다고 여겼는데, 어찌 된 영문인지 더는 다름이 다름처럼 느껴지지 않았다. 그동안 속으로 반문했던 생각들, 로빈을 향한 가시 돋친 말들이 모두 헛생각, 헛소리처럼 느껴졌다.

"그래, 네 튜터가 느리긴 하지."

속웃음이 새어 나오려는 걸 참으며 받아치자 로빈도 지지 않고 대꾸했다.

"말했잖아. '아주 조금 살짝' 느릴 뿐이야. 튜터 1.5는 역대 가장 안정적인 버전이었다고."

"그래. 그렇다고 치자. 어쩌면 나한텐 튜터 1.5도 빠를지 몰라. 하지만 너한테는……."

나는 자조적인 어조로 말해 놓고 빤히 로빈을 쳐다보았다. 로빈은 내 눈빛을 피하지도, 얼굴을 붉히지도 않고 물었다.

"나한테는?"

너한테는 진짜로 너무 느리다고.

하지만 어쩐지 대답 말고 미소를 지어 보이고 싶었다.

로빈은 그제야 눈을 떨구고 쑥스러운 듯이 물었다.

"넌 내가 튜터 3.0을 가질 자격이 있다고 생각하니?"

로빈은 내 생각이 중요하다고 생각해서 묻는 걸까.

그런데 어쩌나.

이제 더는 상대방이 원하는 대답을 들려주고 싶지 않은데.

대신 선생님을 향해 말했다.

"생각을 바꿨어요, 선생님. 우리 진도 나가요."

로빈의 얼굴에 만족스러운 미소가 번졌다.

＊

"이건 타협이 아니야. 어느 쪽에도 만족스럽지 않은 결과라고."

학기말 시험 당일, 1교시 시험을 앞두고 도일이 투덜거렸다. 우리는 종이 울리기 직전까지 복도를 어슬렁거릴 작정이었다.

"로빈이 일등을 할 가능성은 엄청나게 적어. 적어도 도일 년, 이번 결정에 대해서 로빈보다는 만족스러워해야 하는 거 아니야?"

학교는 로빈이 튜터 1.5로 학기말 시험에서 일등을 해야만 장학금을 준다는 조건을 내걸었다. 그리고 그걸 타협이라고 불렀다. 그 타협을 토대로 공정한 장학금 제도를 신설하겠다는 계획도 밝혔다. 하지만 그런 조치에 기뻐하는 사람은 아

무도 없었다. 로빈의 장학금이 불공평하다며 반대한 이들이
탐냈던 건 장학금 그 자체가 아니었으니까.

"가능성이 적다고? 정말 그렇게 생각해?"

도일이 의심쩍은 표정으로 물었다.

"응."

거짓말이 아니었다. 나는 처음부터 로빈이 튜터를 업그레
이드하지 않는 이상 학기말 시험에서 일등을 할 확률은 희박
하다고 생각했다. 내 믿음과 바람은 그와 정반대에 자리했지
만, 뭐 그것까지 도일에게 말할 필요가 있나.

"그래, 뭐…… 나도 그렇게 생각은 하는데…….."

도일은 내 말에 기대어 안심하고 싶어 하면서도 어딘가 영
개운치 않은 듯 눈썹을 찡그렸다.

"하아, 나 참. 별 이상한 애가 입학해가지고 한 학기 동안
이게 뭐냐."

"이제 너무 신경 쓸 거 없어. 마음을 너그럽게 가져."

나는 비아냥거리고 싶은 마음을 숨기고 농담조로 대꾸했
다. 하지만 내 말속에 숨은 감정을 읽어 낸 도일의 얼굴이 금
세 딱딱하게 굳어졌다.

"너그럽게? 왜 내가 너그러워야 하는데? 그리고 내가 너그
럽지 못했던 건 또 뭔데?"

요즘따라 예리하네. 내 말뜻을 바로 알아채고 기분 나빠하다니. 언제부터인가 부쩍 예민해진 것 같기도 하고.

도일의 반응에 살짝 당황한 나는 별 대꾸도 하지 못한 채어깨만 으쓱해 보였다. 그러자 도일이 콧숨을 길게 내뿜으며 말했다.

"웃긴다. 너 진짜 하나도 모르는구나?"

"내가 뭘?"

"내가 널 얼마나 신경 써 줬는데. 너네 집 사정도 내가 그동안 알게 모르게……."

도일이 억울한 표정을 지어 보였다. 아…… 나 아는데, 저표정. 로빈에게 장학금을 주는 게 얼마나 불공평한 처사인지말하면서 지었던 표정. 사실 도일의 그 표정은 날 미치게 만들어야 마땅했다. 나는 도일에게 화를 내야 마땅했다. 하지만 그럴 수 없었다. 그러기에는 내가 도일을 너무 잘 알고 있었다. 너무나 속속들이 잘 알고 있어서 마냥 미워할 수만도없는 녀석. 어쩔 때는 거울처럼 내 속된 면을 비추어 보이는녀석. 도일은 나에게 그런 사람이었다. 도일의 억울한 표정은 날 화나게 만들기는커녕 씁쓸함만 느끼게 했다. 나 자신이 한심스러웠다. 도일에게는 화 한번 못 내면서 왜 그렇게로빈에게는 어기댔을까. 그건 어떤 마음이었을까. 도대체 로빈에게는 어떤 마음으로…….

나는 한숨을 쉬듯 로빈의 이름을 읊조렸다.

"우로빈……."

"뭐?"

도일이 심기가 불편한 듯 한쪽 눈썹을 치켜올렸다. 나는
당황하여 입술을 오그렸다. 마치 그렇게 하면 뱉은 말을 다
시 가무려 넣을 수 있는 것처럼. 도일의 눈치를 보고서 한 행
동은 아니었다. 내 입에서 우로빈이라는 이름 석 자가 절로
새어 나와 당황스러웠을 뿐. 그런데 이게 웬일인가. 때마침
맞은편에서 우로빈이 걸어오고 있는 게 아닌가. 아주 작은
소리라 들렸을 리가 없는데도 로빈은 내가 자신을 부르는 소
리를 들은 듯이 바로 고개를 돌려 나를 쳐다보았다.

"뭐야, 저 자식."

내 시선을 따라 몸을 돌린 도일이 어깨에 잔뜩 힘을 주고
로빈을 노려보았다. 하지만 제아무리 고자세를 취한들 헛수
고였다. 로빈은 나만 바라보고 있었으니까.

로빈이 내 곁을 지나가며 짧은 인사를 건넸다.

"시험 준비 잘 했어?"

살짝 상기되어 있는 얼굴. 로빈에게는 결전의 날일 테니,
당연히 긴장되겠지.

"그럼. 누구 덕에 난 진도도 다 챙겼잖아. 너는? 장학금 탈 자신 있어?"

"자신은 모르겠고……."

로빈은 잠시 뜸을 들였다가 산뜻한 목소리로 말을 이었다.

"자격이 있다는 건 알지. 누구 덕분에."

내 덕일 리가 없다. 로빈 스스로 알아냈겠지. 난 그런 말을 한 적이 없으니까.

나는 내가, 로빈이 장학금을 받을 자격이 있는지 없는지 논할 자격이 없다고 생각했다. 하지만 로빈이 자신에게 맞는 속도로 세상을 배우길 바랐다. 뛸 수 있으면 뛰고, 날 수 있으면 날길 바랐다.

로빈의 눈빛은 그런 내 바람을 다 읽어 냈다고, 다 알고 있다고 말하는 듯했다. 로빈은 더 말을 보태지 않고 웃으며 돌아섰다. 우리에겐 더 필요한 말이 없었다.

"것 봐. 자신 없네."

로빈이 지나간 자리에 대고 도일이 씨불거렸다.

"자격이 있다는 건 뭔 소리야? 어차피 이번 시험에서 일등 못 하면 영영 장학금은 물 건너갈 텐데."

"그건 모르는 거지."

나도 모르게 발끈해서 말했다.

"모르긴 뭘 몰라?"

도일도 지지 않고 응수했다. 내가 빤히 도일을 쳐다보자, 도일의 시선이 살짝 흔들렸다. 하지만 도일이 자세를 가다듬고 다시 이기죽거리기까지는 오래 걸리지 않았다.

"백구슬, 그러면 우리…….'

나는 도일의 입에서 나올 말을 기다렸다.

도일이 무슨 말을 할지 정확히 알고 있었으니까.

도일은 말할 것이다. 눈을 내리깔고 턱을 치켜든 채 자신이 생각하는 가장 공정한 방식의 게임을 제안할 것이다. 내가 도일을 잘 아는 것만큼 도일 역시 나를 잘 알고 있기에 내가 절대로 그 제안을 거절할 리 없다고 도일은 생각할 것이다. 아마도 그럴 것이다.

하지만 도일은 모른다. 다 안다고 생각하지만 여전히 모른다. 내가 어떻게 대답할지, 도일은 모를 것이다.

나는 오직 대답하기 위해 질문을 기다렸다.

나에게 달콤한 거절을 허하게 해 줄 질문을.

나를 솔직하게 만들어 줄 질문을.

우리의 자격을 못 박지 않게 해 줄 질문을.

마침내 도일의 입에서 기다리던 말이 나왔다.

"우리, 내기할래?"

나는 고개를 저으며 선언했다.

아니, 내기는 끝났어.

그건 내가 가장 듣고 싶어 하는 대답이었다.

작가의 말

인공 지능은 어디까지 발전할 수 있을까요? 인공 지능의 발전은 인간에게 도움이 될까요? 인간은 인공 지능을 어떻게 사용할까요?

이 세 가지 질문만으로도 끝없는 상상을 시작하기에 부족함이 없죠. 이 단편은 주로 세 번째 질문에 기대고 있습니다. 인간이 인공 지능을 통제할 수 없는 상황이 올지도 모르지만 일단 그 가능성은 배제하고 생각해 보았어요. 인공 지능을 사용하는 존재가 인간이기에 일어날 수 있는 일들에 대해서, 학교라는 시스템과 그 시스템 속에서 만들어진 관계에 대해서, 우리가 실존하는 한 우리 곁에 그림자처럼 따라붙을 모순에 대해서 이야기하고 싶었습니다.

해가 지고 어둠 속으로 그림자가 사라지는 순간이 가장 조심해야 할 때라고. 외부의 힘이 우리 존재의 가치를 못 박으려 할 때 횃불을 높이 들고 당면한 모순을 똑바로 응시해야 한다고. 그런 말들을 담았습니다.

제 말의 속도가 부디 여러분의 속도에 준하여 가닿기를 바랍니다.

07

A가
오는 중

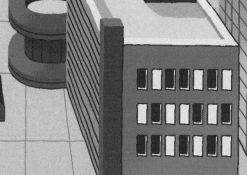

조규미

청소년 소설과 동화를 쓰고 있다. 지은 책으로는 《가면생활
자》, 《첫사랑 라이브》, 《너의 유니버스》, 《옥상에서 10분만》
등의 청소년 소설과 《9.0의 비밀》, 《기억을 지워주는 문방
구》 등의 동화가 있다.

K가 도착했습니다.

자신의 이름이 귀에 들리는 순간 K는 눈을 떴다. 낮고 하얀 천장이 눈에 들어왔다. 숨을 한번 길게 내쉰 뒤 몸을 움직이려고 했지만 꼼짝할 수 없었다. 눈만 간신히 떴을 뿐이었다. 다시 익숙한 기계음이 들렸다.

식별 번호 02521999, K가 05시 42분 현재 다이싱 상태로 들어갑니다.

여행을 시작하기 전에 수차례 들었던 주의 사항이 떠올

랐다.

"터널을 빠져나온 뒤 정상적인 신체 활동이 가능해지기까지는 24시간이 소요됩니다."

K는 보이지 않는 무언가에 몸을 맡기듯 힘을 빼고 눈을 감았다. 이제 다이싱 상태를 유지하면서 몸의 기능이 원래대로 돌아오기를 기다리면 된다. 스스로를 달래듯이 되뇌었다.

'무사히 도착해서 다행이야. 매뉴얼대로 진행되고 있으니 불안해하지 말자.'

12주 만에 원래의 자리로 돌아왔다. 출발할 때 비교적 덤덤했던 것에 비해 돌아올 때는 긴장도 더 되고 두려운 마음도 더 컸다. 하지만 이제 다 끝났다. 집에 가면 제일 먼저 뭘 할까……. 그런 생각을 하며 K는 다시 잠으로 빠져들었다. 그는 꿈속에서 파란 하늘을 보았다. 하늘을 가로지르며 무언가 날아가는 게 보였다. 그 하늘이 어느 쪽의 하늘인지 궁금했지만 알 수 없었다.

얼마나 시간이 흘렀을까. 다시 눈을 떴을 때는 주변이 소란스러웠다. 경고음이 울리고 사람들의 다급한 말소리가 들렸다.

"아직도 도착하지 않았습니까?"

"네. 아직 한 명이……."

조금씩 의식이 명료해지면서 K는 밖에서 하는 이야기가 무슨 말인지 알 것 같았다. 한 명이 안 왔다고? 그 이야기는 세 사람 중 하나가 도착하지 않았다는 뜻이다. K는 짚이는 것이 있었다.

'결국, 오지 않았구나. 바보같이.'

그는 바깥에서 들리는 소리에 귀를 기울였다.

"두 사람의 상태는 어떤가요?"

"양호합니다. 둘 다 다이싱 상태를 벗어나는 중입니다. 바이탈 사인 모두 정상입니다."

그들의 목소리가 바로 옆에서 이야기하는 것처럼 들렸다. 보이지 않지만 꽤 가까이 있는 모양이었다.

"도대체 어떻게 된 걸까요?"

한쪽의 질문에 다른 한쪽이 머뭇거리며 대답했다.

"글쎄요. 정확한 것은 두 사람이 깨어나야 알 수 있을 것 같습니다."

잠깐의 침묵이 흐른 뒤 다시 말소리가 들렸다.

"우선 비상 회의를 소집하겠습니다. 여러 가지 가능성을 열어 두고 상황 파악을 해야 할 것 같습니다."

그들의 대화를 들으며 K는 착잡해졌다. 그곳에서 출발할 때까지만 해도 셋이 함께였는데 마지막 순간에 마음을 바꾼 걸까? 아니면 처음부터 속일 생각이었나?

'하아, 바보 같은 녀석. 도대체 어쩌자고……. 아니야. 생각하지 말자. 그 멍청이가 어떻게 되든 내가 상관할 바 아니야.'

마음의 평정을 찾기 위해 노력했으나 불안감은 떨쳐지지 않았다. 다행히 몸의 감각은 조금씩 살아나고 있었다. 조심스럽게 고개를 움직여 옆으로 돌렸다. 그러나 시야에 들어오는 것은 자신이 들어 있는 캡슐 안의 하얀 천장뿐 바깥은 보이지 않았다.

K는 방금 '공중 교실 프로그램'을 마치고 돌아온 참이었다. 물론 프로그램의 정식 명칭은 따로 있다. '교육 현장의 종적 탐구 및 체험 프로그램'. 하지만 다들 간편하게 공중 교실 프로그램이라고 불렀다. 처음에 들었을 때는 도대체 어디에서 뭘 하는 건지 감을 잡을 수 없었다. 공중 교실? 우주에 떠다니기라도 한다는 이야기인가 하며 피식 웃고 말았다. 그런데 차차 알게 된 프로그램의 실체는 정말 놀라웠다. 말 그대로 지상에 없는 교실, 시간을 뛰어넘어야 갈 수 있는 교실이었다. 시간 여행을 통해 백 년 전의 교실을 경험할 수 있다니! 알고 나니 꼭 가고 싶었다.

올해도 예년처럼 10여 명이 참여했고 가기 전에 한 달 정도 함께 사전 교육을 받았다. 물론 참여하고 싶다고 누구나 할 수 있는 것은 아니었다. 미래교육위원회의 엄격한 심사 과정을 거쳐야 했다. 수년 전 시간 여행을 시작했을 때만 해도 성인들이 참여했다. 그런데 그들은 여행을 마친 뒤 회복하는 과정에서 크고 작은 신체적 후유증을 겪었다. 특이한 점은 아직 노화가 진행되지 않은 어린 나이일수록 후유증이 미미하다는 것이었다. 그래서 당국은 시간 여행 대상자를 18세 이하로 조정하고 까다로운 조건을 통과한 소수 인원만 참가할 수 있도록 하였다.

참여자들은 서너 명씩 한 팀이 되었는데, 팀을 만드는 것은 전적으로 미래교육위원회의 소관이었다. K와 한 팀을 이룬 J와 A는 모두 열여덟 살로 K와 동갑이었다. 그들이 가게 될 학교는 소도시에 위치한 남학교였다.

출발할 때까지만 해도 서로가 서로에게 의지하며 그들이 뛰어들 낯선 환경에 적응하기 위해 노력했다. 다들 의욕이 넘쳤고 모든 것이 순조로웠다. 나름대로의 준비 끝에 도착한 곳은 1999년이었다.

`

＊

"자, 여기가 여러분이 12주간 사용하게 될 방입니다. 외국에서 왔으니까 불편한 점도 있겠군요. 그래도 우리 학교 기숙사는 지어진 지 1년밖에 안 된 최신식 건물이랍니다."

기숙사 사감이라는 남자가 방금 학교에 도착한 세 사람의 기색을 살피며 이야기했다. 그런데 뭔가 반응이 이상했나 보다. 셋은 나름대로 1999년에 유행하는 옷을 차려입고 최대한 그 시대 사람처럼 자연스럽게 행동하려 했지만 자신들이 봐도 어색한 것은 어쩔 수 없었다.

"왜요? 살던 곳이랑 많이 다른가요?"

"아, 아니요. 비슷합니다."

K가 대답하자 사감이 흡족한 표정을 지었다.

"그럼요. 사람 사는 곳은 어디나 비슷하죠. 고국을 체험하기 위해 먼 길을 왔는데 가능하면 많은 것을 경험하고 돌아가세요. 아, 무엇보다 별 탈 없이 지내는 것이 제일 중요하고요. 이곳은 소도시라서 화려한 볼거리는 없지만 유해 시설이 없어서 여러분 같은 단기 유학생들에게는 딱 좋죠. 하긴 유학원의 미스터 존슨이 여러분은 다 착실한 모범생이라 걱정할 필요 없다고 하더라고요."

사감이 너스레를 떨자 K와 J는 고개를 끄덕이며 미소를 지었다. 한 박자 느린 A도 따라 웃었다. 미스터 존슨. 아마도 미래교육연구소의 슈퍼컴퓨터를 두고 하는 말일 것이다.

"필요한 것이 있거나 궁금한 점이 있으면 언제든 전화해요."

사감은 방 안에 있는 전화기를 가리킨 뒤 연락처와 매뉴얼이 적혀 있는 안내문을 세 사람에게 주었다. 그러고는 K의 어깨를 두드리려고 손을 올렸다. 사감의 행동에 놀란 K는 재빨리 한 걸음 물러섰다. 사감이 머쓱한 표정으로 손을 내린 뒤 방에서 나갔다.

사감이 나가고 나서 세 사람은 한동안 멍한 표정으로 서 있었다. 20세기 사람들과 대화하는 방법, 자연스럽게 어울리는 방법은 반복된 시뮬레이션을 통해 익혔다. 때문에 어른들이 학생들의 어깨를 두드리는 신체 접촉 역시 충분히 예측했던 상황이다. 하지만 긴장 상태에서 본능은 무엇보다 먼저 튀어나왔다.

기숙사 방은 건물 3층에 있어서 창문을 통해 햇살이 환하게 들어왔다. 창문 양쪽으로 2층 침대가 나란히 놓여 있고 그 옆으로 책상과 책장이 마주 보는 형태로 배치되어 있었다. 세 사람은 천천히 방 안을 관찰하며 마치 처음 보는 짐승에게 손을 대 보듯이 조심스럽게 물건을 만졌다. 그리고 창문에 다가가 바깥 풍경을 보았다. 창밖으로 앞으로 다니게 될 학교의 운동장이 한눈에 내려다보였다.

"와아아."

누가 먼저랄 것도 없이 한꺼번에 탄성을 질렀다. 햇살이 쏟아지는 운동장에서 아이들이 뛰어놀고 있었다. 운동 경기 프로그램에 접속해서 가상 그라운드에서만 뛰어 봤던 세 사람에게는 신기한 모습이었다. 아이들은 뻥, 뻥, 소리가 나게 공을 차기도 하고 신나서 함성을 지르기도 했다. 학교에 관한 영상 자료는 지겹도록 보았지만 실제로 보니 느낌이 달랐다.

K는 창문 밖으로 고개를 내밀고 조심스럽게 숨을 들이마셨다. 축축한 흙냄새가 꿈틀거리는 생물처럼 콧속으로 들어왔다. A는 신기한 보물이라도 발견한 얼굴로 두리번거렸고, 방 안 구석구석을 살피던 J는 전화기를 손끝으로 건드리며 중얼거렸다.

"이런 걸로 연락한다고?"

세 사람은 짐을 대충 정리하고 밖으로 나왔다. 나오기 전 출발할 때 지급 받은 장비를 챙겨 각자의 호주머니에 넣었다. 언뜻 보기에는 그들이 도착한 시대에 널리 사용되던 무선 호출기처럼 생겼지만 펼치면 A4 크기가 되는 정보 입력 장치였다. 그 시대에 무선 호출기를 부르던 별칭 그대로 '삐삐'라고 불렸는데, 프로그램에 참여한 사람들은 자신이 경험한 것을 이 장치에 일기처럼 기록해서 일주일에 한 번씩 미래교육연구소의 컴퓨터에 업로드 해야 했다.

그들이 한 시간 전쯤 걸어 나온 건물은 미래교육위원회가 이곳에 설치한 시간 여행 통로였다. 그 건물에는 눈에 잘 띄지 않는 간판이 달려 있는데 거기에는 '미래교육연구소'라고 쓰여 있었다. 건물 지하에 있는 슈퍼컴퓨터가 미래로 가는 통로를 열어 준다는 사실은 누구도 상상할 수 없을 것이다. 프로그램 참여자들은 연구소의 슈퍼컴퓨터를 '마마'라고 불렀다. 낯선 곳에서 생기는 모든 문제를 해결해 주는 보호자 같은 존재이기 때문이다.

첫날, 학교를 돌아보자는 J의 의견에 따라 세 사람은 학교 이곳저곳을 구경했다. 방학이라 대부분의 현관문은 잠겨 있었지만 다행히 열려 있는 문을 찾아 건물 안으로 들어갈 수 있었다.

별관 건물 3층에 있는 도서관에 들어갔을 때 세 사람은 약속이라도 한 듯이 그 자리에 멈춰 서 버렸다. 백 명도 넘는 학생이 모두 같은 자세로 엎드려 공부하고 있었기 때문이다.

물론 사전 교육 자료에서 본 광경이지만 그 공기를 함께 숨 쉰다고 생각하니 기분이 이상했다. K는 사전 교육 첫날 들었던 프로그램의 목표를 떠올렸다.

"'교육 현장의 종적 탐구 및 체험 프로그램'은 여러분이 과거의 교실을 체험함으로써 현재의 인간이 얻은 것은 무엇이고 잃어버린 것은 무엇인지 탐구하는 것입니다."

유명한 미래역사학자라는 사람이 한 말이었는데, 혹시 저런 것을 경험하라는 이야기인 걸까. 머릿속이 혼란스럽기만 했다.

그날 저녁 방으로 돌아온 세 사람은 누가 먼저랄 것도 없이 창문 앞에 모여 앉았다. 창밖에서는 여름밤의 풀벌레 소리가 한창이었다.

"진짜겠지?"

J가 신기하다는 듯이 물었다.

"당연하지. 우린 지금 20세기에 와 있잖아."

K의 말이 끝나자 가만히 듣기만 하던 A가 벌떡 일어났다.

"어디 가?"

"어떤 생물이 저런 소리를 내는지 확인해 보게."

그러면서 그는 밖으로 뛰어나갔다. J는 할 말을 잊은 채 A의 뒷모습을 바라보았고 K는 고개를 절레절레 흔들며 중얼거렸다.

"하여간 엉뚱하다니깐."

*

J가 다이싱 상태에서 벗어납니다.

기계 알림음과 함께 눈앞의 하얀 천장이 스르륵 사라지면서 캡슐이 열렸다. J는 일어서서 몇 걸음 걷기도 전에 비틀거리며 바닥에 주저앉고 말았다. 옆에서 지켜보던 미래교육위원회 소속 요원들이 그를 부축해서 회복실로 옮겼다. 어지럼증과 구토 증세. 12주 전에 목적지에 도착했을 때도 비슷한 증세가 있었다.

J는 솔직히 말해 빨리 돌아오고 싶었다. 하지만 단독 복귀는 불가능했기 때문에 꼼짝없이 12주를 버텨야 했다. 그래서 프로그램 후반에는 기숙사 방에 처박혀 있다시피 하며 시간을 보냈다.

처음에는 낯선 생활에 적응하기 바빠서 이런저런 생각을 하지 못했다. 막바지에 이르러서야 J는 어쩌면 자신이 K나 A와는 다른 성향이라서, 다시 말하면 적응이 쉽지 않은 부류

여서 팀에 합류한 것일지도 모른다는 생각이 들었다. 미래교육위원회는 다양한 사례를 모으고 싶을 테니까. 그렇다고 후회하지는 않았다. 어찌 되었든 자신이 원했던 일이고 이제 다 끝났다. 무사히 마치고 돌아온 것이다.

회복실 침대에 누워 눈을 감고 어지러운 증세가 가라앉길 기다리는데 누군가가 들어왔다. 미래교육위원회의 Q 선생이었다.

"환영한다. 그동안 수고 많았어."

Q 선생은 사전 교육을 받을 때부터 세 사람과 함께했기 때문에 무척 반가웠다. 그녀의 얼굴을 보자 J는 돌아왔다는 실감이 나면서 마음이 편해졌다.

"기록을 보니까 네가 그곳에 도착했을 때도 비슷한 증세가 있었던데, 아무래도 정밀 검사를 받아야겠다."

"그때도 곧 좋아졌어요. 조금 쉬면 괜찮아져요."

"그러면 다행이지만……."

"다른 아이들은요?"

J는 아까부터 다른 아이들이 보이지 않아 궁금했다.

"네가 제일 먼저 나왔어. K도 곧 나올 거야. 그런데 A가……."

"A가 왜요?"

Q 선생의 얼굴이 단박에 굳었다.

"오지 않았어."

"네?"

J는 자신도 모르게 몸을 일으켜 앉았다.

"분명히 같이 출발했는데……."

"아니야. 출발하지 않았어. 좌표 설정까지 했는데 취소했더라고."

"그럴 리가요!"

J의 당황한 표정을 보며 Q 선생이 한숨을 쉬었다.

"너희도 모르고 있었구나."

출발 당일 A는 그런 내색 없이 당연히 함께하는 것처럼 행동했다. 도대체 어떻게 된 걸까? J는 다시 머리가 지끈지끈 아파 왔다.

"지금 비상 대책 팀을 만들어 그 애를 찾을 방법을 강구하고 있어. 정 안 되면 내가 직접 가서 찾아야 할 것 같아. 근데 그 전에 확인할 게 있어. 혹시 짐작 가는 거 없니? 그 애가 오지 않은 이유 같은 거 말이야. A에게 무슨 일이 있었다든지 아니면 수상한 행동을 했다든지……."

"저는 모르겠어요. 분명히 캡슐에……."

J는 물론 A의 동태를 살필 여유가 없었다. 캡슐에 들어가는 척하고 들어가지 않았을지도 모른다. 아니면 들어갔다가

도로 나왔을 수도 있다.

그들은 마지막 날, 기숙사 사감에게 작별 인사를 한 뒤 출국하기 위해 공항으로 가는 척하며 방향을 바꿨다. 물론 그들이 실제로 간 곳은 미래교육위원회 연구소였다. 그리고 세 사람은 마마의 도움으로 귀환 설정을 한 뒤 각자 자신의 캡슐로 향했다. A와 함께한 기억은 거기까지다.

"거기 남아 있는 건 확실해요?"

"응. 마마가 확인했어. A가 출발 취소하고 다시 밖으로 나갔다고. 지금 위치 추적 중이야. 너희 도움이 절실해. 뭐든 생각나는 게 있으면 말해 줘."

불현듯 A가 이상한 이야기를 했던 날이 떠올랐다. 돌아가기 3, 4주 전쯤이었던 것 같다.

"우리 조금만 늦게 돌아가면 안 될까?"

그때는 농담이라고만 생각했다. A는 J와 달리 1999년의 학교생활에 잘 적응했다. K가 그럭저럭 적응을 해낸 스타일이라면 J는 적응하지 못하고 겨우 버티는 꼴이었고, A는 적응이라는 게 필요 없는 아이 같았다. 자연스럽게 그곳 생활에 스며들었고 프로그램이 중반 정도 진행되었을 때는 마치 그곳에서 태어나 자란 아이 같았다. J가 빨리 돌아가고 싶어서 조바심을 냈다면 A는 더 머무르고 싶어서 안달이 난 것 같왔다.

프로그램을 마치고 돌아오면 꿀 같은 휴식이 기다릴 줄 알았다. 이런 일이 생기리라고는 생각도 못 했다. A가 걱정이 안 되는 것은 아니었지만 J는 정말 간절히 이 길고 피곤한 일정을 마치고 싶었다.

"선생님, 저 집에 가고 싶어요."

J의 말에 Q 선생이 미소를 지었다. 하지만 그 미소 뒤의 난감한 심경이 느껴졌다. 어색한 분위기가 이어지는데 Q 선생에게 메시지가 왔다.

"아, K가 깨어났구나."

Q 선생이 잠시 기다리라며 회복실에서 나갔다. J는 동물원에 갔던 날을 떠올렸다. 그날 A는 왜 그런 말을 했을까?

*

그날은 미루고 미루다가 동물원 구경을 간 날이었다. 프로그램 초기에는 시간이 많으니 여러 가지를 다 경험할 수 있을 것 같았다. 하지만 각자의 스케줄이 달라지면서 함께 무언가를 할 수 있는 시간도 줄어들었다. 그래서 세 사람이 공통적으로 가고 싶은 곳에 가기로 했다. 동물원이었다.

동물원은 21세기 중반에 자취를 감췄기 때문에 세 사람 모두에게 특별한 체험이었다. 디지털 자료로만 봤던 동물들을 가까이에서 보니 기분이 묘했다. 왠지 그들의 눈빛이 무언가를 말하고 있는 것처럼 느껴졌고 그 메시지를 백 년 후의 세상에 전해야 할 것만 같았다. 가벼운 마음으로 왔지만 그곳에 머무는 동안 마음이 점점 무거워졌다.

구경을 마치고 기숙사로 돌아가는 길에 A가 툭 내뱉듯이 말했다.

"우리 조금만 늦게 돌아가면 안 될까?"

"그게 무슨 말이야?"

J가 물었지만 A는 대답 없이 빙글빙글 웃기만 했다. J는 A가 농담을 한다고 생각했다.

"넌 그냥 여기서 살아. 너한테는 여기가 더 잘 맞는 것 같아."

J는 평소에 A가 하는 말이나 행동에 공감이 가지 않았다. 농담인지 진담인지 모를 그 헛소리도 마찬가지였다.

세 사람은 기숙사로 돌아와서 동물원에 갔던 일과 그곳에 다녀와서 느낀 점을 삐삐에 기록했다. 오늘 봤던 동물들에 대한 자세한 정보를 검색하고 싶었지만 불가능했다.

"1969년에 인터넷이 발명되었잖아? 30년이나 지났는데도 왜 이 모양이냐구."

J는 저절로 한숨이 나왔다. 이곳에 온 뒤 가장 답답한 것이
그 점이었다. 22세기에 접어들면서 몸속에 네트워크 연결망
을 심는 것이 대유행이었다. 스무 살이 되자마자 심겠다며
손꼽아 기다리는 아이들도 꽤 있었다. 얼마나 고장 없이 오
랫동안 사용할 수 있느냐, AS가 쉬운가 등이 주된 화제였다.
하지만 이곳은 네트워크 환경만 보면 완전히 원시 사회였다.
알고 싶은 것이 있으면 누군가에게 물어보든가 아니면 백과
사전이라도 구해서 찾아봐야 했다.

"교육 때 배운 거 까먹었어? 그건 군사용이고 상용화된 것
은 한참 뒤잖아. 이제 슬슬 기업이나 가정에서 사용하기 시
작할 때지. 학교는 더 기다려야 해."

K가 선생님이라도 된 양 말했다. J는 살짝 짜증이 났다.

"몰라서 하는 말 아니고 너무 답답해서 하는 말이야."

"그런 걸 체험하려고 여기 온 거지."

"그건 또 뭔 소리야?"

J는 볼멘소리로 되물으면서도 속으로는 K의 말을 곱씹었
다. A의 말은 대수롭지 않게 넘겨 버려도 K의 말은 무시할 수
없었다. 이제까지의 경험으로 보면 그 애가 한 판단이 합리
적일 때가 많았다. 그래서 세 사람의 의견이 엇갈릴 때 K가

조정하는 역할을 맡곤 했다.

"아 참, 너희 반 애들은 그런 소리 안 해?"

"무슨 소리?"

K가 퉁명스럽게 되물었다. 셋 다 다른 반에 배정되었기 때문에 그날 각자의 교실에서 있었던 일을 이야기하는 것이 저녁 일과 중 하나였다.

"1999년에 지구 멸망한다고 호들갑을 떨잖아."

J가 어이없다는 표정으로 말하자 K와 A도 웃음을 터뜨렸다.

"우리 반도 그래."

"근데 웃기더라. 곧 지구 멸망한다면서 시험공부는 왜 한대? 숙제는 왜 하고, 학교는 왜 올까? 진짜 웃겨."

실제로 반 아이들은 지구 멸망을 진지하게 걱정하면서도 먹고 놀고 공부하고, 할 일은 다 했다. 지구는 2099년까지도 멸망하지 않으니 걱정 말라고 말해 주면 아이들은 콧방귀를 뀌면서 무시했다.

그날 이후 저녁 시간에 셋이 모여 이야기하는 일은 중단되었다. A가 학급 대항 경기에 반 대표로 뽑혀 저녁 시간에도 운동장에서 살다시피 했기 때문이다. 원래부터 비슷한 구석이 없던 J와 A의 생활 패턴은 그때부터 더욱 달라졌다. 수업이 끝나면 J는 기숙사 방에 틀어박혀 도서관에서 빌린 책을 읽었다. 반면 A는 운동장에서 아이들과 어울리면서 시간을 보냈다. J는 A가 땀을 뻘뻘 흘리며 뛰는 모습을 방에서 내려다보다가 혀를 끌끌 차곤 했다.

'저게 뭐라고 저렇게 열심히 해? 진짜 특이한 애야.'

그렇다고 학급 아이들이 J를 왕따시킨 것은 아니었다. 오히려 그 반대였다. 반 아이들은 외국에서 온 예의 바르고 과묵한 유학생에게 관심이 많았다. 늘 J의 주위를 기웃거렸고 관심을 보였다. 그는 그런 것들이 불편했다. 특히 아이들의 스스럼없는 접촉이 힘들었다. J는 이곳에 온 뒤 자신이 온갖 기술의 도움으로 타인과의 접촉을 최소화하면서 살았다는 것을 실감했다. 여기에서는 다른 이들과 함께하지 않으면 공부도 할 수 없고 운동도 할 수 없고 밥도 먹을 수 없었다. 게다가 1999년은 감염병 대유행 이전 시기라서 대부분의 아이들이 그 점에 무심했다.

이런 것들에 대비해 사전 교육을 받고 무차별적인 접촉으로 생길 수 있는 문제에 대해서도 예방 조치를 했다. 하지만 실전은 역시 쉽지 않았다. 조심성 없이 툭 치고 가는 것이나 시도 때도 없이 손으로 만지는 건 그나마 참을 수 있었다. 그런데 입김의 온도와 냄새가 느껴질 만큼 바짝 다가서서 이야기하는 것은 정말 견디기 힘들었다. 이런 상황을 만들지 않으려면 아예 거리를 두는 수밖에 없었다. 그래서 J는 수업 시간 외에는 기숙사 방에 처박혀 책을 읽으며 시간을 보냈다.

그러는 사이 어렴풋이 알게 되었다. 그가 살던 세계에서 '교실'은 배움의 순간을 나누는 시간적 개념이었다. 어디에 있건 자신이 원하는 수업에 접속하면 되었다. 하지만 1999년의 교실은 철저히 공간적인 개념이었다. 한 공간에 모여 많은 것을 함께하기에 더욱 깊게 서로의 삶에 관여할 수밖에 없었다.

동물원에 갔다 오고 며칠 뒤에 있었던 일이다. 일찍 잠들었던 J는 무슨 소리가 들리는 바람에 깼다. 불 꺼진 기숙사 방에서 K와 A가 이야기를 나누고 있었다. 목소리를 낮추기는 했으나 알아들을 수 있었다.

"애들이 내가 꼭 있어야 한대."

"그게 무슨 말이야?"

"그날까지 여기에 있어야 한다고."

잠시 침묵이 흘렀다. 하지만 J는 두 사람이 무슨 이야기를 하는 건지 통 알 수 없었다. 실눈을 떠 보니 창밖이 제법 환한 것이 보름달이 뜬 것 같았다.

"너, 미쳤구나. 그게 말이 된다고 생각해?"

K였다. 이내 A가 사정하듯이 말했다.

"제발 좀 도와줘."

"우리한테 제일 중요한 건 프로그램을 무사히 마치고 제때에 복귀하는 거라고. 두 번 다시 그런 말 하지 마."

K가 쏘아붙이자 A는 입을 다물었다. 방 안은 침묵에 잠겼고 J도 다시 잠 속으로 빠져들었다.

*

A가 오는 중입니다.

"24시간 넘게 저 상태야."

Q 선생이 상황실 모니터를 가리키며 말했다. 그녀가 가리킨 모니터에는 A가 오고 있다는 메시지가 점멸하고 있었다. 다이싱 상태에서 깨어난 K와 회복실에서 온 J는 서로 안부를 물을 겨를도 없이 Q 선생과 함께 상황실로 왔다.

상황실에서는 미래교육위원회의 프로그램 담당자들이 마마가 보낸 자료를 모으고 있었다. A의 위치를 추적한 기록과 A가 일주일에 한 번씩 직접 업로드 한 것들이었다. 위치 추적 데이터를 살펴보던 담당자가 말했다.

"출발 예정 시각 이후 추적 장치가 작동하고 있지 않습니다."

"그럼 그때 이후 어디 있는지 확인이 안 된다는 소리군요."

Q 선생이 걱정이 가득한 표정으로 말했다.

세 사람은 A가 올린 데이터를 검토하기 시작했다. 모니터 속에 펼쳐진 A의 업로드 목록을 보면서 K는 자신도 모르게 숨을 멈췄다. 땀내가 훅 풍길 것만 같은 교실의 모습, 늦은 오후 햇빛 한 자락만 남아 있는 기숙사 방, 학교 앞 떡볶이 집, 우연히 들렀던 레코드 가게 등. 그들이 함께했던 공간들이 눈앞에 펼쳐졌기 때문이다. 그러다가 어느 지점에서부터 그 애의 목록이 달라졌다.

학교 운동장에서 경기를 펼치는 아이들의 모습이 등장했고 득점한 뒤 환호하는 광경, 반 아이들의 열띤 응원 모습도 보였다. 프로그램 후반으로 갈수록 A의 업로드 목록은 두 사람과는 다른 내용으로 채워졌다. A가 보낸 자료에 첨부된 짤막한 소감이 눈에 들어왔다.

아이들은 나를 믿고 있어. 내가 없으면 이길 수 없다고 해. 지금까지 한 번도 이렇게 많은 사람의 응원과 지지를 받은 적이 없었어. 나는 아이들의 기대를 저버릴 수 없어.

K는 뚫어져라 A가 쓴 소감을 쳐다봤다. 그 애의 마음을 전혀 모르겠는 것은 아니다. 그러나 꼭 이렇게까지 해야 했나. A의 글을 읽은 Q 선생은 어려운 수수께끼를 맞닥뜨린 얼굴이었다.

"이게 무슨 말이니?"

K가 모니터 위에 띄워진 이미지 하나를 가리켰다. 공을 가운데 놓고 아이들이 빙 둘러서 있는 모습이었다.

"저것 때문인 것 같아요."

"공?"

"네. 발야구요."

"발야구? 그런 경기가 있었나?"

K도 처음 들었을 때 똑같은 생각이었다. '발야구'라는 게임이 있다는 것을 그곳에 가서 처음 알았다. 예전에 '지금은 사라진 운동 경기'라는 주제에 대해 배울 때도 축구, 야구, 배구, 농구, 탁구, 럭비, 핸드볼에 대해서만 다뤘지 발야구는 들어 보지 못했다. 1999년에 국지적으로 유행했던 게임이 아닌가 싶었다.

그들이 머물렀던 학교에서는 반 대항으로 발야구를 해서 왕중왕을 뽑는 행사가 매년 열리고 있었다. 그 행사의 열기는 엄청났다. 선수로 참여하는 아이들은 말할 것도 없고 참여하지 않는 아이들도 응원하느라 열을 올렸다. 토너먼트 경기의 승부가 거듭될수록 매일매일 그 열기가 더해졌다. 여러 명의 아이가 공 하나로 똘똘 뭉칠 수 있다니, 놀라운 일이었다.

A는 운동 신경이 뛰어난 편이었다. 아마도 이번에 공중 교실 프로그램에 참여한 학생들 중에서 최고가 아닐까 싶었다. 당연한 일인지 모르겠지만 A는 그의 학급에서 10명의 대표 선수에 끼게 되었다. 그리고 곧 팀의 에이스가 되었다.

"근데 A가 안 온 게 그거랑 무슨 상관이야?"

"발야구 반 대항전을 했거든요. A가 그 반 선수로 뽑혔어요."

"그럼 발야구 경기 하느라 안 왔다는 말이야?"

"아마도요. 그 반이 계속 이겨서 결승까지 갔거든요."

Q 선생이 어이없다는 표정을 지었다. 그때 상황실 컴퓨터를 모니터링하고 있던 요원이 그녀를 불렀다.

"지금 새로운 데이터가 업로드 되고 있습니다."

모두 달려가서 모니터를 확인했다. A가 조금 전에 새롭게 업로드 한 내용이었다. 반 대항 경기 대진표를 비롯해 몇 가지 자료가 전송되고 있었다. A가 미래교육연구소로 돌아온 모양이었다. Q 선생이 가슴을 쓸어내리며 말했다.

"연구소로 돌아왔구나. 다행이야."

대진표를 뚫어져라 쳐다보던 J가 소리쳤다.

"잠깐만, A가 지난번에 이야기했던 게 이거였어?"

J가 대진표의 오늘 날짜를 가리키며 말했다.

"결승전이 오늘이었네."

"오늘?"

K는 A가 했던 말들을 떠올렸다. 정확한 날짜는 잊어버리고 있었지만 떠난 뒤에 결승전이 있다고 했던 것 같다. 그러니까 조금 늦게 돌아가고 싶다고. 하지만 자신이 강하게 반대했고 A가 순순히 따르기에 포기한 줄 알았다. 하지만 A는 따로 생각이 있었던 것이다. 그럼 왜 가는 척하고 따라왔을까? 혹시 우리라도 정해진 시간에 보내려고 그런 건가.

"그래서 그랬구나."

J가 이제야 궁금증이 풀렸다는 듯이 중얼거렸다.

"나한테 마마가 좌표를 설정하는 방법에 대해 자세히 물어보더라고. 따로 공부도 하는 것 같았어."

J는 과학과 컴퓨터에 뛰어났기 때문에 K도 과학 지식이 필요할 때마다 J에게 묻곤 했다. 그러고 보니 A는 나름대로 혼자 돌아올 준비를 하고 있었다. Q 선생이 뭔가 생각하는 듯하더니 급히 자신의 개인 계정에 연결하기 시작했다.

"너희가 간 학교에 대한 자료를 가지고 있어. 지금은 없어진 학교지만 말이야. 예전에는 학교마다 이런 기록들을 종이 책으로 남겼거든."

저장 목록을 뒤지던 Q 선생이 말했다.

"이건가?"

Q 선생이 띄운 화면에 그들이 머물렀던 학교의 기록물이 펼쳐졌다. 그중에 눈에 띄는 제목이 있었다.

'올해의 발야구 우승은 O반!'

그들이 출발한 다음 날 있었던 결승전에서 O반이 우승했 다는 기록이었다. K는 그 자료를 죽 훑어보다가 함께 실려 있는 사진을 보았다. 우승한 반 아이들이 서로 얼싸안고 기 뻐하고 있는 모습이었다. 그중에서 익숙한 얼굴을 발견했다.

"엇!"

K가 사진 속의 얼굴을 가리키자 J와 Q 선생도 눈을 크게 떴다. A가 다른 아이들과 함께 손가락으로 브이를 그리며 활 짝 웃고 있었다.

"저 자식, 저렇게 웃는 거 처음 봐."

J가 어이없다는 표정으로 중얼거렸다. K 역시 A의 얼굴에 서 눈을 뗄 수 없었다.

Q 선생이 새로운 메시지를 기다리며 상황실 모니터를 쳐 다봤지만, 여전히 "A가 오는 중입니다."라는 문구만 깜빡거

렸다. K는 입 밖으로 내지는 않았지만 주문이라도 외우듯이 되풀이했다. 다 끝났으니 이제 돌아와, 제발!

그렇게 얼마나 있었을까. 상황실 요원이 소리쳤다.

"연구소에서 도착 좌표를 설정하고 있습니다."

A가 마마에게 좌표 설정을 요청한 모양이었다. Q 선생이 안도의 한숨을 길게 내쉬었다. 그리고 A가 돌아오면 약간의 징계가 있을 거라고 말했다. 떠나기 전에 쓴 서약서에 규칙을 어기면 받게 될 징계도 명시되어 있기 때문이다. 그 얘기를 전하는 Q 선생의 얼굴은 아까보다 훨씬 밝아 보였다. 그제야 긴장이 풀리는지 따뜻한 차를 가져오겠다며 일어났다.

K와 J는 나란히 앉아 상황실 모니터를 뚫어져라 쳐다보았다. 모니터 바로 옆에 아까 Q 선생이 찾은 1999년의 자료 화면이 펼쳐져 있었다. 아이들에 둘러싸여 환하게 웃고 있는 A는 더없이 행복해 보였다. 그 모습을 보고 있자니 지난 12주의 생활이 선명하게 떠올랐다. 아니, 아직 거기 머물고 있는 것만 같았다. 공을 차는 소리와 아이들이 떠들고 웃는 소리가 귓가에 맴돌았다.

넋 나간 듯이 멍한 표정으로 앉아 있던 J가 갑자기 정신이 든 듯 조그맣게 중얼거렸다.

"어휴, 이제 집에 갈 수 있겠군."

둘은 Q 선생이 가져온 차를 마시기 시작했다. 모니터의
빨간 점이 점점 가까이 다가왔다. A가 오는 중이었다.

작가의 말

'공중 교실'이라는 테마를 들었을 때 조금 엉뚱한 것이 먼저 떠올랐습니다. 하늘과 땅 사이의 어딘가에 있는 교실이 머릿속에 그려지는 것이 자연스러울 텐데 갑작스레 100년 전의 교실로 여행을 떠나는 아이들의 모습이 떠오른 것입니다. 다른 것을 생각할 겨를도 없이 이 여행에 붙일 제목이 떠올랐고 결국 엉뚱한 이야기를 따라가고 말았습니다.

덕분에 지금으로부터 23년 전의 세상과 77년 뒤의 세상에 대해 생각해 보게 되었습니다. 지나온 시절은 제가 경험한 세상인데도 너무 아득했고, 미래의 세상은 용을 써도 닿을 수 없는 세계라 막막하더군요. 그렇게 이쪽저쪽을 헤매는 사이 미래가 좋은 곳이기를 간절히 바라는 저 자신을 발견했습니

227

다. SF 작품에 자주 등장하는 디스토피아도 아니고 지상 낙원 같은 곳도 아닌, 지금보다 조금 더 좋은 세상 말입니다. 여러분들도 저와 비슷한 생각이신가요? 그 세상을 직접 볼 수는 없지만 지금 우리가 소중히 여기는 것들이 그때에도 귀하게 여겨지길 바라는 마음입니다.

B612의 샘

초판 1쇄 발행 2022년 6월 10일

지은이 · 고비읍, 안세화, 이꽃님, 이종산, 조규미, 조우리, 허진희
펴낸이 · 강일우
편집 · 김용희, 김필균
조판 · 이보옥
펴낸곳 · (주)창비교육
등록 · 2014년 6월 20일 제2014-000183호
주소 · 04004 서울특별시 마포구 월드컵로12길 7
전화 · 1833-7247
팩스 · 영업 070-4838-4938 | 편집 02-6949-0953
홈페이지 · www.changbiedu.com
전자우편 · textbook@changbi.com

ⓒ 고비읍, 안세화, 이꽃님, 이종산, 조규미, 조우리, 허진희 2022
ISBN 979-11-6570-137-6 43810

 창비교육 성장소설 시리즈는 '성장'을 고리로
소통과 공감을 이끌어 내는 이야기를 담아냅니다.